U0097338

古典詩歌研究彙刊

第二七輯

龔鵬程 主編

第 18 冊

錢鍾書與宋詩研究（上）

季 品 鋒 著

國家圖書館出版品預行編目資料

錢鍾書與宋詩研究（上）／季品鋒 著 — 初版 — 新北市：花
木蘭文化事業有限公司，2020〔民 109〕
目 2+154 面：17×24 公分
（古典詩歌研究彙刊 第二七輯：第 18 冊）
ISBN 978-986-485-988-7（精裝）
1. 錢鍾書 2. 宋詩 3. 詩評
820.91   109000195

ISBN-978-986-485-988-7

9 789864 859887

古典詩歌研究彙刊
第二七輯　第十八冊   ISBN：978-986-485-988-7

錢鍾書與宋詩研究（上）

作　　者　季品鋒
主　　編　龔鵬程
總 編 輯　杜潔祥
副總編輯　楊嘉樂
編　　輯　許郁翎、張雅淋　美術編輯　陳逸婷
出　　版　花木蘭文化事業有限公司
發 行 人　高小娟
聯絡地址　235 新北市中和區中安街七二號十三樓
　　　　　電話：02-2923-1455／傳眞：02-2923-1452
網　　址　http://www.huamulan.tw 信箱 hml810518@gmail.com
印　　刷　普羅文化出版廣告事業
初　　版　2020 年 3 月
全書字數　200425 字
定　　價　第二七輯共 19 冊（精裝）新台幣 32,000 元
版權所有 · 請勿翻印

錢鍾書與宋詩研究（上）

季品鋒 著

作者簡介

季品鋒，1977 年出生，祖籍江蘇常熟。2000 ～ 2003 年，蘇州大學，師從楊海明教授，獲碩士學位，專業唐宋文學研究，碩士論文《印刷術與宋詞雅化》。2003 ～ 2006 年，復旦大學，師從王水照教授，獲博士學位，專業唐宋文學研究，博士論文《錢鍾書與宋詩研究》。

提　要

　　錢鍾書是我國上個世紀的學術宗師之一，對他畢生所貢獻的學術成果的研究，已形成一門「錢學」。但在「錢鍾書熱」消退後的反思中，我們不難發現已有的研究存在著不少薄弱環節，如錢鍾書的宋詩研究，目前尚無專著予以總結。2003 年《錢鍾書手稿集‧容安館札記》（三冊）的出版，也為我們的研究提供了重要的新材料，但到目前為止似乎還沒有得到很好的利用與闡述。

　　本文以《容安館札記》、《宋詩選注》、《談藝錄》為研究重心，探討了錢鍾書關於宋詩總論、宋詩流派與作家研究、宋詩選本研究、宋詩整理四大問題。

　　宋詩總論部分主要以「宋詩與理學」及「以文為詩」為主題，前者側重宋詩生成的文化層面問題的探討，後者則牽涉宋詩的特點、形成、接受與評價等問題。

　　宋詩流派選取江湖詩派為研究對象，作家研究著重探討錢鍾書對張耒、陸游、方岳三位詩人的評論與探析。

　　《宋詩選注》作為錢鍾書唯一一部宋詩研究專著，一直頗受研究者的關注，但也還留有一些研究的空白，如其中的「選目」研究。本文以《容安館札記》中相關內容為參照，對此進行了初步的探討。

　　錢鍾書的宋詩整理，本文以《容安館札記》、《宋詩選注》為主要研究對象，就其中的補詩、互見詩考證等進行初步的整理。

江蘇高校哲學社會科學研究項目
2019SJA2118 錢鍾書與宋詩選本研究

目

次

上　冊

緒　論

　　在我國詩歌發展史上，宋詩是繼唐詩之後又一高峰。宋詩以其鮮明的時代特色與獨特的藝術風範，開闢了詩歌創作的新天地，其總體成就超過了元、明、清三代。而自上世紀初以來，宋詩研究雖然也有不少收穫，但從整體而言，遠遠沒有唐詩研究那樣聲勢浩蕩、成果豐碩；與宋詞研究相比，無論是研究的廣度還是深度也多有不如，其原因是多方面的。要改變這種局面，有許多工作等待著我們去進行。對前人已有宋詩研究成果的分析與總結，即是其中重要的一環，所謂站在巨人的肩膀上才能看得更遠。錢鍾書無疑是古典詩歌研究領域內最具光彩的巨人之一。他在宋詩研究領域給我們留下的遺產，似乎還沒有很好地被繼承與發揮，略舉一例。

　　2005 年 9 月在杭州舉行的中國宋代文學學會第四屆年會上，浙江大學的沈松勤教授與福建師大的歐明俊教授不約而同地對「宋詞一代之文學」說提出了質疑。〔註1〕兩篇論文都對「宋詞」的歷史定位進行了討論，也徵引了眾多學者的已有研究成果。筆者在此想補充一點，錢鍾書的《談藝錄》第四則「詩樂離合文體遞變」中已經討論過這一問題，對王國維《宋元戲曲史》序言中的「漢賦、唐詩、宋詞、

〔註 1〕 沈松勤《「宋詞一代之勝說」釋疑》，後發表於《浙江大學學報》（人文社會科學版）2006 年 01 期；歐明俊《詞為宋代「一代之文學」說質疑》，後發表於《中國韻文學刊》2005 年 04 期。

元曲」說有過一分爲二的說明與分析，但上述兩篇論文似乎都沒有注意錢鍾書的這段文字。

當然這僅僅是一個細節上的反面例證，從目前已有的幾篇宋詩研究整體回顧性文章來看，學界對錢鍾書的宋詩研究成果還是十分肯定的；就具體的宋代詩人的研究回顧性文章來說，也大都繞不過《談藝錄》與《宋詩選注》中的相關論述。然而，「宋詩研究」作爲「錢學」體系中一個獨具個性的有機構成，我們不僅僅需要細節上的解構，更需要在此基礎上作全面、整體、有機的闡述。《錢鍾書手稿集·容安館札記》（三冊）中有著大量論述宋詩的內容，它的出版爲我們探討錢鍾書的宋詩觀提供了不可多得的新材料。《容安館札記》按原件掃描影印，眞實可靠，但因年代久遠，又爲手寫，頗難辨認，因而到目前爲止，尚未有從宋詩研究入手、全面討論《容安館札記》的文章。這已不是一個單純的塡補學術空白的問題，而是直接影響到我們對錢鍾書詩學理論的認識，影響對宋代文學研究水平的提高。

2004 年夏，在王水照師的帶領下，筆者與聶安福、鄧子勉兩位師兄一起參加了《容安館札記》論宋詩部分的整理工作。筆者負責整理、編寫全部三冊的目錄及第三冊論宋詩部分的整理。這次整理工作使我對錢學的廣博精深有了切身的體會，同時也爲本文的寫作打下了一個堅實的基礎。在王水照師的提示下，本文大致從五個方面對錢鍾書的宋詩研究作出回顧與總結。

一、總論宋詩

這主要是涉及宋詩的歷史定位，包括唐宋詩比較，宋詩宋詞比較；宋詩的文化生態學，包括宋詩與繪畫的關係，宋詩與理學的關係；宋詩的創作論，包括宋詩中的修辭，宋詩中的繼承與創新，宋詩的以文爲詩等問題。

限於時間、更限於能力，筆者選擇了「宋詩與理學」、「以文爲詩」這兩個典型問題，來探討相關研究。

關於「宋詩與理學」，錢鍾書的《談藝錄》已有論述，而《宋詩選注・劉子翬小傳》也有精彩論述，《容安館札記》中也多處提及南宋詩人創作中受理學影響的現象。本文結合以上幾個部分主要談幾個問題：一是對詩歌中「理」的辨析；二是論述理學家之詩，涉及朱熹、邵雍、劉子翬、葉適、游九言、陳傅良、魏了翁、楊時、徐僑、劉黻、范浚等各家；三是探討「詩家作理學語」現象，包括導邵雍前路的石曼卿、龍昌期、謝濤等，也包括黃庭堅詩作理語，所謂「開南宋理學家吟詠法門」，還包括對江湖詩派好做理語進行了強調。這與我們印象中江湖詩人好作「清苦之音」反差較大。最後，對於理學與宋詩的結合進程，錢鍾書歸結爲「山谷雖偶有此類句，江西社中人只作禪語，放翁則喜爲之，江湖派遂成習氣」，即理學與宋詩的高度結合是在南宋晚期才達到巔峰，這與我們已有的研究結論是有很大差距的。

「以文爲詩」是一個可以從各個方面去進行解釋與評價的問題，宋人關於詩歌正變之說、明清人的唐宋詩之爭、近代的初期白話詩觀念〔註2〕，都與其有著密切的聯繫。對於宋詩的特點、宋詩特點的形成、宋詩的接受、影響與評價等問題的討論，都離不開「以文爲詩」。

正因如此，整個20世紀，人們對「以文爲詩」的關注從未間斷過。從最初的胡適將宋詩的「以文爲詩」與白話文的「作詩如說話」

〔註2〕 最著名的例子當屬胡適，他說：「我認定了中國詩史上的趨勢，由唐詩變爲宋詩，無甚玄妙，只是作詩更近於作文！更近於說話。……宋朝的大詩人的絕大貢獻，只在打破了六朝以來的聲律的束縛，努力造成一種近於說話的詩體。」（胡適：《逼上梁山——文學革命的開始》，《中國新文學大系・建設理論集》，良友圖書印刷公司，1935年版，第8頁）若干年後他對這個主張作了交待：我那時（1915）的主張頗受了讀宋詩的影響，所以說「要修作詩如作文」，又反對「琢鏤粉飾」的詩。足見「以文爲詩」不僅直接影響了宋詩的整體面貌，而且其影響還延伸到「五四」以後的新文學。「五四」新詩是濫觴於「作詩如作文」的宋詩的，新詩、舊詩原來是一脈相承。

在理論上統一起來、1947 年朱自清的《論「以文爲詩」》，到 1954 年陳寅恪《論韓愈》、1979 年程千帆《韓愈以文爲詩說》，現當代一些著名的學者都對於這一問題發表了自己的看法。雖然沒有專文討論，但從《談藝錄》（1948）到《宋詩選注》（1958），錢鍾書對「以文爲詩」始終有著自己的看法。梳理和總結錢氏關於「以文爲詩」的這些論述，無疑有助於我們打開視野，同時也更深入地思考「以文爲詩」對於整個詩歌發展史的意義。

二、宋詩流派與作家研究

　　詩歌流派繁多是宋詩發展的一個明顯特徵，錢鍾書對其中的「西崑派」、「江西詩派」、「江湖詩派」都有精彩的論述。鄧子勉師兄已就錢鍾書論西崑派作了探討（《新宋學》第三輯），本文主要探討錢鍾書的江湖詩派研究。

　　近幾十年來，江湖詩派的研究一直處於一種不冷不熱的狀態，這也是多年來南宋詩歌研究狀況的一個縮影。這一部分主要談目前江湖詩派研究中尚存在的問題，以及錢鍾書的一些關於江湖詩派的論述對於解決這些問題的意義。

　　江湖詩派研究目前尚存在的問題大體可歸爲兩大塊：一、江湖詩派的界定問題。二、江湖詩派詩歌本體研究的缺失問題。

　　江湖詩派的界定是個根本性問題。目前學界爭論頗多的「詩派的成員的判斷」、「詩派形成與存在的時間」、「四靈與江湖詩派的關係」等問題，歸根到底，都與我們對江湖詩派的界定模糊有關。而一系列關於《江湖》諸集的考訂文章，實際上也是江湖詩派界定問題的一部分，因爲目前學術界普遍的看法是將是否有詩收入《江湖》諸集作爲鑒定江湖詩派成員的重要的判斷標準之一。

　　詩歌本體研究的缺失問題。從詩派的具體成員來說，名家以戴復古爲例，有關他的身世、交遊、師承甚至籍貫等問題（作家研究）的考訂文章佔了總的論文的多數；而戴的作品研究中又以詩集版本、詩

歌輯佚佔了多數，眞正涉及戴詩本體研究的論文少之又少。從詩派的整個作家群來說，對如趙汝鐩、高翥、羅與之、許棐、利登、葉紹翁等小家研究相當薄弱，有些甚至找不到相關論文，更談不上詩歌本體研究了。

　　這兩個問題是密切關聯的，正是由於對眾多小家的研究不足，對詩歌本體研究的缺乏，使得我們無法對江湖詩派詩歌的整體特色作出一個令人信服的歸納，這自然會影響我們對江湖詩派的客觀界定。隨之而來的就是從文學本身以外的因素來對文學本體作界定、作判斷。如以江湖詩派成員判斷而言，大概念上的模糊，迫使大家更偏重作者的身份地位、作品的收集情況（是否入《江湖》諸集）而非詩歌作品本身所呈現的風格，來判斷某位詩人是否屬於這一詩派。

　　錢鍾書的論述與我們現有研究最大矛盾處是詩派成員的判斷。如劉過、劉仙倫、敖陶孫、黃文雷等，都爲張宏生《江湖詩派研究》確定的 138 位江湖詩派成員，錢鍾書卻認爲他們的詩歌「五七古頗動盪，非江湖體也」、「純乎江西手法，絕非江湖體」、「粗豪尚氣，似龍洲道人，非江湖亦非江西也」。從詩風上否定了他們作爲詩派成員的資格。

　　而王邁、蒲壽宬、鄭震、董嗣杲、劉黻、姚勉、連文鳳，在張宏生《江湖詩派研究》附錄一《江湖詩派成員考》的 138 位詩派成員名單中沒有他們的名字，在「不屬江湖詩派成員」的 32 人名單中也沒有他們的名字；在已有的江湖詩派的著作或論文中，也沒有人提及上述幾位詩人。《札記》或直言「亦江湖派」、「江湖派晚唐體」、或言「可入《江湖小集》」，都傳達這樣一個信息——這六位詩人都與「江湖詩派」有莫大的關係。

　　此外，如錢鍾書在《容安館札記》中提到的江湖派與江西後派的關係，江湖派詩人好做理學語等都是我們南宋詩歌研究領域中的空白，具有重大的學術意義。

　　作家研究中，本文選擇了錢鍾書論述的張耒、陸游、方岳三位

詩人。

就整個宋詩發展的歷史看,宋人進行詩歌創作,都離不開對唐詩的借鑒與取資,所以存在大量取法唐詩、自然延續唐風的作家。這些作家在當時也得到世人的承認,以張耒為例,蘇軾、楊萬里等人都非常欣賞張耒的詩歌,而《瀛奎律髓》等詩歌選本也相當重視張耒的詩歌。但隨著近代「宋詩運動」的展開,對所謂宋調的宣揚與學習,這些延續唐風的詩人,正逐漸退出研究者的視野。在當代的古代文學史的重建運動中,由於種種原因,這類作家,甚至如張耒這樣的名家,也正逐漸淪為次要、甚至被忽略的作家。

從《札記》中大量摘錄張耒詩歌,到《宋詩選注》對張耒詩歌的標舉,我們不難看出錢鍾書對張耒詩歌一以貫之的欣賞。這種欣賞,與今日研究界對張耒詩歌的漠視形成了鮮明的對比。這背後也許有值得我們深入思考的東西。

本節以《容安館札記》第 598 則為主要論證依據,結合《談藝錄》與《宋詩選注》,分「宋調形成期的『另類』詩風」、「張耒詩歌創作的師法對象」、「從歷代選詩看《宋詩選注》對張耒詩的標舉意義」三部分探討了錢鍾書對張耒詩歌的研究。

錢鍾書的陸游詩研究,尤其是關於陸游愛國詩的評價的變化問題,是較受關注的。如李廷華的《悲歌與笑柄──錢鍾書先生筆下的兩個陸游》(《唐都學刊》1998 年第 1 期)、許龍的《錢鍾書論陸游詩》(《嘉應大學學報》2002 年第 2 期)、高利華《陸游詩歌研究中的幾個問題》(《浙江學刊》2002 年第 4 期)都探討了這一問題。本文從《談藝錄》的創作背景出發,探討了錢鍾書對於陸游詩批評的深層原因,揭開了錢鍾書的對陸游詩的矛盾心理。對於陸游詩,錢鍾書承認是喜歡的,但民國時期,從政治角度出發,對陸游的愛國詩進行了過度的闡發。如從當時的出版物看,商務印書館於民國二十年出版的學生國學叢書中收錄了《陸游詩》,商務的國學基本叢書中也收了《陸放翁集》。國學整理社也在民國二十五年出版了《陸放翁全集》;而像

《陸放翁詩鈔注》（陳延傑著，商務民國二十七年，國學小叢書）、《注音陸放翁詩》（劉辰選，中華書局民國二十五年，中國文學精華叢書）等等向大眾普及的注本更是舉不勝舉。

這一切都脫離了藝術批評的準則，有被政治所導的傾向，正是在這一背景下，錢鍾書在《談藝錄》（第三二則「劍南與宛陵」、第三三則「放翁詩」附說十三「誠齋詩賞音」、第三四則「放翁與中晚唐人」、第三五則「放翁詩詞意復出議論違悟」、第三六則「放翁自道詩法」、第三七則「放翁二癡事二官腔」）中，不惜篇幅，從藝術的角度，對陸游的詩歌進行了藝術上的分析，指出了陸游詩歌創作上的不足。同時，他對陸游詩歌中體現出的所謂的「愛國」情調也提出了質疑。

但到五十年代，由於政治氣壓的緣故，不談陸游詩幾乎是不現實的情況下，在《宋詩選注・陸游小傳》中，錢鍾書對陸游的愛國詩做了別樣的評價，同時在《宋詩選注》中留給了陸游 32 首詩的空間。但我們往往忽視了錢鍾書在這 32 首詩的選擇上，所做的詩歌藝術性上的堅持。

本節的第二部分以《宋詩選注》的 32 首陸游詩為基礎，與《瀛奎律髓》、《宋詩鈔》、《宋詩別裁集》、《近體詩鈔》、《宋詩精華錄》各選本的入選的陸游詩做了一個簡單的比較。

《劍南詩稿》將近有萬首詩，所以他的詩歌的選錄難度是可想而知的。《宋詩選注》的 32 首陸游詩中，早、中、晚期各有作品入選；在詩歌體裁上，完全放棄了五言，七言中提高了七古的比例，選錄了更多的七絕，而非以往詩評家都一致推崇的七律；在內容風格上的選擇上，雖然受當時政治氣壓的影響，選了十三首「閒適」類作品，這是冒著很大的政治風險的，而在入選較多「悲憤激昂」類作品中，錢鍾書打了「愛國主義」的擦邊球，盡可能地堅持了藝術的準則。

從整個《劍南詩稿》所收錄的九千一百多首陸游詩來看，三十二

首只是其中很小一部分，但是，陸游最具代表性的作品大都被收錄其中，可以說是一部很好的「陸游小詩集」。

> 「蓋放翁、誠齋、石湖既歿，大雅不作，易爲雄伯，餘子紛紛，要無以易後村、石屏、巨山者矣。三人中後村才最大，學最博；石屏腹笥雖儉，而富於性靈，頗能白戰；巨山寄景言情，心眼猶人，唯以組織故事成語見長，略近後村而遜其圓潤，蓋移作四六法作詩者，好使語助，亦緣是也。」
>
> ——《容安館札記》第 252 則（卷一，第 410 頁）

從這則札記中我們可以看出錢鍾書對方岳在南宋詩壇的定位：與劉克莊、戴復古齊名，以爲中興三大家後，無人能取代他們三人的地位。但從當代學者對南宋詩歌的研究看，無論是江湖詩派內，或是江湖詩派外，方岳都是一個被忽略的點。就筆者所見，相關論文則只有張宏生的《偏離群體的「別調」——論方岳詩》（載《江蘇社會科學》1994 年第三期，後被收入張宏生的博士論文《江湖詩派研究》）一篇。這顯然與方岳的詩歌地位是不相稱的。

本節以《容安館札記》第 252 則爲基礎，探討了方岳詩歌的「以文爲詩」、「組織成語」等創作特色，並以《札記》所提供的線索，糾正了秦效成的校注本《秋崖詩詞校注》中對「彭生」一詞的誤解；同時對《札記》中一些文獻疏失作了考訂。

三、宋詩選本

從選本看，宋詩是遠遠落後於唐詩的。據孫琴安統計，歷史上產生過 600 多個唐詩選本，現存的也有 300 多個。而在流傳的唐詩選本中，形成了以殷璠《河嶽英靈集》、高仲武《中興間氣集》、高棅《唐詩品匯》、李攀龍《唐詩選》、金聖歎《選批唐才子詩》、王士禎《唐賢三昧集》、沈德潛《唐詩別裁集》、孫洙《唐詩三百首》等各具特色的選本。這些選本，或是專家選本，在唐宋詩爭中推動了唐詩學的發展，或著眼於普及推廣，面向廣大民眾，起到了良好的傳播作用。許

多膾炙人口的名篇，就賴各種選本的多次收錄而被廣為流傳。與唐詩選本相比，宋詩選本就沒有這麼幸運了。

首先，在選本數量上無法與唐詩選本抗衡。這無疑會影響大眾讀者對宋詩的接受。宋詩中自有生命力的作品，但它更多的是通過其他的途徑與後代讀者產生溝通，而非選本。

其次，缺乏獨立地位。宋詩的影響力，更多的是來源於幾部唐宋詩合編的選本，專家選本如方回的《瀛奎律髓》、高步瀛的《唐宋詩舉要》，大眾讀本如《千家詩》，宋詩附在唐詩的身後，缺乏獨立的地位。

第三，從明代的《宋藝圃集》到清代的《宋詩鈔》、《宋詩紀事》，這些宋詩選本，更多的帶有「存」詩的意味，而缺少「選政」。宋、元、明、清四代中，值得一提的帶有選政味道的獨立的宋詩選本似乎只有一本《宋詩別裁集》，而它的影響力也無法與《唐詩別裁集》、《唐詩三百首》等唐詩經典選本相提並論，只有民國時期陳衍的《宋詩精華錄》為宋詩在大眾讀者中贏得了一定的口碑。

《宋詩選注》從 1958 年 9 月由人民出版社第一次出版至今，已有 70 多年的歷史。據筆者初步統計，在這 70 多年中，直接研究或討論這一選本的論文已超過五十篇，相關或涉及這一選本的論文更是不計其數。在展開新的研究之前，筆者對以往的成果作一簡單的回顧與小結。毫無疑問，《宋詩選注》的闡釋空間是十分巨大的，而其中最吸引當代研究者（專業閱讀者）眼球的無疑是該書所蘊含的「文學史敘述」特色。正因為如此，眾多研究者都提到了《宋詩選注》與宋代詩歌史敘述的關係。

筆者以為，這裡存在一個研究視角的問題，我們（研究者）特殊的身份以及職業習慣，妨礙了我們對《宋詩選注》的閱讀、觀察與思考。《宋詩選注》的「選」字提醒我們它首先是做為一個「選本」而存在的，這是這部錢鍾書著作的存在根基。

本文著重從選本的角度對《宋詩選注》進行解讀，討論兩個問

題。一、關於《宋詩選注》的「選源」問題；二、關於《宋詩選注》的選目問題。關於《宋詩選注》的「選源」問題，胡適曾懷疑錢鍾書是依據《宋詩鈔》，劉永翔教授「經過小心的核對」，「發現胡適的『大膽假設』也有部分的正確性」，認爲《宋詩選注》所選80家中王禹偁、林逋等二十二家「無一不見於《宋詩鈔》或《宋詩鈔補》，先生沒有再費力去搜求滄海遺珠。」〔註3〕這已不僅僅關係到選本的質量，而且直接涉及選者的學術品質問題。現在，隨著《容安館札記》（三冊）的出版，這一問題可以得到肯定的答案了。

在選目研究部分，筆者主要是做了幾個比較。第一，將《宋詩選注》所選作品與《容安館札記》所抄錄作品作比較，嘗試找出哪些詩屬於「不必選而選入」。第二，將《宋詩選注》與以往宋詩選本作比較，發掘《宋詩選注》在選作家、選作品方面的創新之處。

四、宋詩輯佚

《容安館札記》閱讀宋詩的各則筆記中，關於宋詩的整理意見隨處可見，大致可歸納爲以下幾類：

（一）補詩、提供異文

如第258則（卷一，第434頁）

周密《草窗韻語》

卷一末有李龏（和父）題詞云：「新篇讀到驚人處，一片宮商壓晚唐。」按《江湖後集》卷二十未載此詩。

筆者按：上虞羅氏據宋本影印本《草窗韻語》卷一末確實收錄此詩，題目爲《敬題草窗韻語》，作者爲雪林李龏和父，全詩如下：「短弄長歌擅眾長，朱弦疏越玉鏗鏘。新篇讀到驚人處，一片宮商壓晚唐。」

這首詩《全宋詩》第59冊李龏名下沒有收錄，可補入。

〔註3〕劉永翔《讀〈宋詩選注〉》，收於《錢鍾書研究集刊》第二輯，上海三聯書店，2000年出版，第123頁。

　　如第 366 則（卷一，第 586 頁）

　　　　王邁《臞軒集》十六卷。

　　　　又《湛淵靜語》卷二載臞軒《自贊畫像》云：「早遊諸
　　老門，晚入端平社，即汝臞翁也。入被丞相嗔，出遭長官
　　罵，亦汝臞翁也。誰教汝不曲不圓，不聾不啞，只片時金
　　馬玉堂，一向山間林下，然則今日畫汝者，幾分是眞，幾
　　分是假。問天祈活百年，一任群兒描寫。」此亦亡佚。

　　筆者按：此詩《全宋詩》沒有收錄，可以補入。

　　如第 260 則（《艇齋詩話》引饒節《贈陳成季持節京西》云：「兩
　公待公以國士，是時公亦同在門。今日江頭看使節，令人淚濕漢江
　雲。」）第 302 則（《新安文獻志》卷五十四引陳傑《初夏書事》：「平
　生萬事鳥飛空，綠鬢蒼顏俛仰中。醉若山頹無舊侶，坐如泥塑有新功。
　詩成不覺窗移日，心定何煩扇引風。結網小蛛恣來往，忘機應亦識衰
　翁。」）第 577 則（《夷堅甲志》十載廖剛《詩戲》云：「二十年前錄
　辟雍，而今官職儼然同。何當三萬六千歲，趕上高陽魯國公。」）等
　所補詩，都可以補《全宋詩》。

（二）誤收、互見詩的考辯

　　如第 598 則（卷一，第 683 頁）

　　　　張耒《柯山集》五十卷，《拾遺》十二卷，《續拾遺》
　　一卷。此雖《武英殿聚珍版書》本，而誤字甚多，想見「臣
　　某恭校」云云，皆具文而已，編輯亦未精審。如卷三《採
　　蓮子》乃孫光憲詞，亦作皇甫松詞；卷二十二《古意》亦
　　見夏竦《文莊集》卷三十六；卷二十三《題周文翰郭熙山
　　水》乃晁無咎詩，見《雞肋集》卷二十。

　　筆者按：《花間集》卷二有皇甫松《採蓮子》（「晚來弄水船頭
　濕」）；《全唐詩》卷 762 收孫光憲《採蓮子》。《全宋詩》第 20 冊 13031
　頁收錄《採蓮子》，沒有任何說明。

　　《全宋詩》第 20 冊 13260 頁張耒名下收《古意》（「樓上珠簾拂
　疏網」），《全宋詩》第 3 冊 1817 頁夏竦名下也收了這首《古意》，兩

處都沒有任何說明。

《全宋詩》第 20 冊張耒名下 13265 頁收《題周文翰郭熙山水》，未知與晁詩重出。

第 593 則（卷一，第 664 頁）

劉敞《公是集》五十四卷，《拾遺》一卷。

卷八《裴殿丞訪別說春秋期歲初復來》，按，五律，誤編入五古。

卷九《代書寄鴨腳子於都下親友》：「予指老無力，不能苦多書。」「後園有嘉果，遠贈當鯉魚。」按此首乃梅聖俞詩，見《宛陵先生集》卷四十二次以《秋日家居》五律。鴨腳產聖俞故鄉，《宛陵集》屢有古詩詠之，不特卷四十三《宣城雜詩》二十首中有一律而已。

筆者按：《全宋詩》第 9 冊 5688 頁劉敞名下收此詩，未注意到與梅詩重出。

此外，如李之儀集收陸龜蒙詩（第 153 則）、汪藻集收元好問詩（第 246 則）、葉茵與胡仲弓詩相混（第 246 則）、郭祥正詩與孔平仲詩、陳舜禹詩相混（第 255 則）、方岳詩誤入胡仲弓集（第 256 則）、黃庶詩與黃庭堅詩相混（第 259 則）、左緯詩與孟大武詩互見、蘇頌詩與張嵲詩互見（第 288 則）、程公許詩誤入曹彥約集（第 317 則）、林逋詩與王安國詩互見（第 351 則）、杜耒詩與唐人詩相混（第 361 則）趙汝騰詩與沈說詩相混（第 363 則）、王邁集中收元人詩作（第 366 則）、宋人李復詩與元人李復詩相混（第 583 則）等等，都可以補《全宋詩》。

第一章　錢鍾書總論宋詩

第一節　論宋詩與理學

　　宋代文化高度繁榮，詩歌與其他文化層面關係緊密，具體的說宋代的詩歌與理學、宗教、繪畫等種種關係，都有待深入的研究。本章就錢鍾書論宋詩與理學做一簡單回顧，以助於我們把這一命題向縱深挖掘下去。

一、關於「理」的辨析

（一）理非道德

　　　　（《隨園詩話》）卷三：「或曰：詩無理語。予謂不然。《大雅》：『於緝熙敬止』，『不聞亦式，不諫亦入』，何嘗非理語。何等古妙。《文選》：『寡欲罕所缺，理來情無存』；唐人：『廉豈沽名具，高宜近物情』；陳後山《訓子》云：『勉汝言須記，逢人善即師』；文文山《詠懷》云：『疏因隨事直，忠故有時愚』；又宋人：『獨有玉堂人不寐，六箴將曉獻宸旒』亦皆理語。何嘗非詩家上乘。至乃月窟天根等語，便令人聞而生厭矣。」按此節引詩，主名多誤：至以杜荀鶴《送舍弟》詩爲陳無幾《訓子》詩，姑置不論。子才好與沈歸愚爲難，此則亦似針對歸愚而發。

　　　　然所舉例，即非詩家妙句，且胥言世道人情，並不研
　　幾窮理，高者只是勸善之箴銘格言，非道理也，乃道德耳。
　　「月窟天根」，見邵堯夫《擊壤集》卷十六《觀物吟》……
　　卷十七《月窟吟》……固亦不佳，然自是說物理語，與隨
　　園所舉人倫之規誡不同。
　　　　　　　　——《談藝錄》第六十九則「隨園論詩中理語」

　　宋代理學從周敦頤、二程到朱熹，發展爲完備而精緻的理論結構
體系。在程、朱那裡，政治層面和道德層面的倫理理性（或成爲道德
理性）被提升爲本體範疇而與宇宙本體相統一，使倫理理性獲得了
宇宙的倫理本體的屬性。程朱賦予倫理理性——「道德」——以形而
上性質和本體論意義。因此，袁枚在《隨園詩話》中將「詩無理語」
的理做「道德」解。《隨園詩話》的巨大影響力是錢鍾書也肯定過的
〔註1〕，袁枚的「理作道德」解在當時是有一定代表性的。因此，錢
鍾書對此提出了糾正。指出袁枚所舉數例，「並不研幾窮理，高者只
是勸善之箴銘格言，非道理也，乃道德耳」，而肯定了邵雍詩歌中的
「月窟天根」是詩中的理語。在此則的補訂中，錢鍾書對「理非道
德」進行了進一步的闡發：

　　　　子才所稱「詩中理語」，皆屬人事中箴規。賀黃公《載
　　酒園詩話》卷一以駁嚴滄浪「詩有別趣非關理」開宗明義，
　　曰：「然理原不足以凝詩之妙，如元次山《舂陵行》、孟東
　　野《遊子行》、韓退之《拘幽操》、李功垂《憫農詩》，眞是
　　六經鼓吹。」是亦只以「理」作道德解會。黃白山《載酒
　　園詩話評》卷上駁之曰：「滄浪理字原說得輕泛，只當作實
　　事二字看，後人誤將此字太煞認眞，全失滄浪本意」；卷下
　　論陸魯望《自遣》七絕又曰：「此滄浪所謂無理而有趣者，
　　理字只如此看，非以鼓吹經史、裨補風化爲理也。」

　　無獨有偶，賀裳的《載酒園詩話》也將「理」作道德解，錢鍾書

─────────────
〔註1〕「竊自不揆，以《詩話》爲據，取前人論衡所未及者，稍事參稽。
　　　　良以此書家喻户誦，深入人心，已非一日，自來詩話，無可比倫。」
　　　　（《談藝錄》，第198頁）

引黃白山《載酒園詩話評》對此進行了反駁；但對於黃白山所謂的「滄浪理字原說得輕泛，只當作實事二字看，後人誤將此字太煞認真，全失滄浪本意」，錢又提出了自己的看法。

> 然於「滄浪本意」未知得否。滄浪以「別才非書」、「別趣非理」雙提並舉，而下文申說「以文字為詩，才學為詩」，「多務使事，必有來歷出處」，皆「書」邊事，惟「以議論為詩」稍著「理」字邊際。所數詩流之「江西宗派」，亦只堪示以「書」為作詩之例。南宋詩人篇什往往「以詩為道學」，道學家則好以「語錄講義押韻」成詩（參觀第八七頁補訂二），堯夫《擊壤》，蔚成風會。真西山《文章正宗》尤欲規範詞章，歸諸義理。竊疑滄浪所謂「非理」之「理」，正指南宋道學之「性理」；曰「非書」，針砭「江西詩病」也，曰「非理」，針砭濂洛風雅也，皆時弊也。於「理」語焉而不詳明者，憚於顯學之威也；苟冒大不韙而指斥之，將得罪名教……方虛谷尊崇江西派詩，亦必借道學自重；嚴滄浪厭薄道學家詩，卻只道江西不是。二事彼此烘襯。
>
> ——《談藝錄》第六十九則 223 頁補訂一

嚴羽的《滄浪詩話》中提出的著名論點：「詩有別才，非關書也；詩有別趣，非關理也」，一直是爭論較多的問題，錢鍾書從南宋詩壇的大背景出發，論析了這個「理」，正是指實在的「理學」的「理」，而非抽象的「哲理」的「理」。

這個「理」的解讀，對整個宋詩的評價影響重大，承認嚴羽「詩有別趣，非關理也」的理作「哲理」解，則否定了詩中的「理趣」；將「詩有別趣非關理也」的理作「理學」解，則嚴羽批評的是南宋詩人中的「以詩為道學」，道學家則好以「語錄講義押韻」為詩的這一創作想像，詩中的「理趣」還有存在的理論價值。錢鍾書無疑選擇後者。

（二）理趣與理語的傳統

《談藝錄》第六十九則中，錢鍾書對沈德潛詩論中的理趣、理語

說做了一個簡單的梳理與分析：

> 余嘗細按沈氏著述，乃知理趣之說，始發於乾隆三年
> 爲虞山釋律然《息影齋詩鈔》所撰序，按《歸愚文鈔》未
> 收。略曰：「詩貴有禪理禪趣，不貴有禪語。」……
>
> 乾隆九年沈作《説詩晬語》，卷下云：「杜詩：『江山如
> 有待，花柳自無私』、『水深魚極樂，林茂鳥知歸』、『水流
> 心不競，雲在意俱遲。』俱入理趣。邵子則云：『一陽初動
> 處，萬物未生時』以理語成詩矣。」……
>
> 乾隆二十二年冬選《國朝詩別裁》，《凡例》云：「詩不
> 能離理，然貴有理趣，不貴下理語」云云，分剖明白，語
> 意周匝。

這是沈德潛初步提出詩中理趣問題到對詩中理趣、理語之分的認識，錢鍾書對沈德潛的結論「詩不能離理，然貴有理趣，不貴下理語」還是相當肯定的，認爲「分剖明白，語意周匝。」同時他又指出：

> 竊謂理趣之旨，極爲精微，前人僅引其端，未竟厥緒。
> 高彪《清誡》已以詩言理。此後有兩大宗。一則爲晉宋之
> 玄學……二則爲宋明之道學。堯夫之《打乖》、《觀物》，晦
> 庵之《齋居》、《感興》；定山、白沙，詩名尤著。

——《談藝錄》，第 225 頁

這裡解決了一個問題，即中國詩歌裏的「理」，不全是自「宋明理學」來，而是在晉宋時期的玄學流行時期就已經萌芽，這是前人較少論述的。也就是說詩歌流轉的河流深處，潛藏著「理」的暗流，只是遇到了宋代的理學，得到了極大的共振，才蔚爲大觀。從我國詩歌的發展來看，魏晉的玄言詩和唐以來的佛偈以及王梵志的說理傾向是對理學詩派有影響的，以玄言詩和佛理入詩開啓了理學家以詩闡發義理的先聲。

（三）言情與說理

我們一貫的認識是情感是詩歌的「本質」，那「理」是屬於詩歌的非本質部分，它在詩歌中有存在的價值嗎？它與詩歌中的「情」以

及「景」有什麼區別呢？

> 夫言情寫景，貴有餘不盡。然所謂有餘不盡，如萬綠
> 叢中之著點紅，作者舉一隅而讀者以三隅反，見點紅而知
> 嫣紅姹紫正無限在。其所言者情也，所寫者景也，所言之
> 不足，寫之不盡，而餘味深蘊者，亦情也、景也。

> 試以《三百篇》例之。《車攻》之「蕭蕭馬鳴，悠悠斾
> 旌」，寫二小事，而軍容之整肅可見；《柏舟》之「心之憂
> 矣，如匪澣衣」，舉一家常瑣屑，而詩人之身分、性格、境
> 遇，均耐想像；《采薇》之「昔我往兮，楊柳依依。今我來
> 思，雨雪霏霏」，寫景而情與之俱，征役之況、歲月之感，
> 胥在言外。蓋任何景物，橫側看皆五光十色；任何情懷，
> 反復說皆千頭萬緒；非筆墨所易詳盡。倘鋪張描畫，徒爲
> 元遺山所譏杜陵之「軾璑」而已。掛一漏萬，何如舉一反
> 三。

> 道理則不然。散爲萬殊，聚則一貫；執簡以御繁，觀
> 博以取約，故妙道可以要言，著語不多，而至理全賅。顧
> 人心道心之危微，天一地一之清寧，雖是名言，無當詩妙，
> 以其爲直說之理，無烘襯而洋溢以出之趣也。理趣作用，
> 亦不出舉一反三。然所舉者事物，所反者道理，寓意視言
> 情寫景不同。言情寫景，欲說不盡者，如可言外隱涵；理
> 趣則說易盡者，不使篇中顯見。

> ──《談藝錄》，第六十九則第 227 頁

這一長段論述中，錢鍾書比較了詩歌中比較了詩歌中言情與說
理的異同。兩者都要「舉一反三」，以有限的語言來傳達更爲深永的
意味，這是兩者相同點。而兩者最大的不同是同是借助所舉事物，一
個是傳情，以說不盡爲上，留給讀者以充分的闡釋閱讀的空間，也就
是給讀者以發揮想像力的空間；一個則是達理，從眾多的「現象」中
掘取數個典型現象，執簡以御繁，觀博以取約，通過這幾個現象的組
合，讓讀者自己歸納出其中的「理」來。這是詩中言情與詩中說理的
最本質的區別。

其二，「徒言情可以成詩；「去去莫複道，沉憂令人老」，是也。專寫景亦可以成詩，「池塘生春草，園柳變鳴禽」，是也。惟一味說理，則與興觀群怨之旨，背道而馳。」這就指出了即一味說理，這就是後人常常指責宋人的缺乏形象思維的罪證。

二、理學家之詩與詩家作理語

已有的有關宋詩與理學關係探討的論文與著作，大致可歸爲這麼兩類，一是探討理學家的或理學詩派的詩歌〔註2〕；二是從理論的角度來總結理學對文學的深層影響〔註3〕。這兩類研究應該說給我們探討理學與宋詩的關係打下了基礎，但無論是揭示兩者關係的規律性，或者客觀描述兩者的結合狀況，都還有所欠缺，錢鍾書在《容安館札記》（以下簡稱《札記》）中有關理學與宋詩關係的一些論述，也許有助於我們的探討。下面筆者略分兩類：

（一）理學家之詩

關於理學與文學關係的探討，最終還得歸結到作家與作品的研究上來，錢鍾書爲我們開出了一份名單，也勾勒了一些線條，爲我們的全面深入研究打下了基礎，我們一起來看一下：

《札記》第 430 則（卷二，第 984 頁）

> 邵雍《伊川擊壤集》二十卷。
>
> 堯夫之詩，尊者配之杜陵，毀者儕於杜園，余《談藝錄》二百七十七頁駁《丹鉛總錄》卷十九嘗言其異於禪宗偈子，不如定山、白沙矣。茲復研誦，遂得定論。
>
> 不能爲古體，偶一涉筆，輒雜以字偶調諧之律句，如卷一《觀棋大吟》是一也。

〔註 2〕 如謝桃坊《略論宋代理學詩派》（《文學遺產》1986 年第 3 期）；祝尚書《論「擊壤派」》（《文學遺產》2001 年第 2 期）。

〔註 3〕 如黃南珊《重理時代審美關係的畸變——略論宋代理學對文學的深層影響》；許總《理學弛張與文學盛衰——宋金元文學史演進動因新探》。

　　五七律欲神明於規矩，圓轉關聯，已見《談藝錄》二百二十二頁〔註4〕，而筋骨鬆弛，肌膚懈慢，遂流於滑俗二也，以語助湊足成局，如卷一《觀棋大吟》云：「以今觀往昔，何止乎庖犧」，「曾爲免矣夫，療骨而傷肌」，《寄謝韓子華》云：「道之未行兮，其命也在天。」……草率頹唐，後來陳止齋輩遂咬矢橛，〔註5〕三也。

　　以文爲詩，往往數句一氣貫下，其語方罝，頗開生面，如卷一《寄謝韓子華》云：「道古人行事，拾前世遺編。而臨水一溝，而愛竹數竿。此所謂匹夫，節何足而攀。」卷三《何石柱村詩》云：「我愧讀書寡，知識無過人，經書史傳外，不能破群昏。從長卿公羊，宜自陝而分。從君陳畢命，宜成周而云。」……使能煉語奇崛，便可破昌黎之餘地，四也。

　　才情意境淺而易了，儉而即罝，王山史《山志初集》卷二云：「《擊壤集》以詩作涪錄，前無古，後無今，信斯言也。固不責富於理趣，然即以理語論之，所見之理既甚凡近，復重疊絮煩，益令人叵耐。卷十一《論詩吟》：『不止煉其詞，抑亦煉其意。』未見能。然卷十二《答人吟》所謂『自知無紀律，安得謂之詩？』……深中其浮誇虛誕之病，五也。

　　近體詩，有韻味處大似香山（夾批焦弱侯《澹園集》

〔註4〕 1984年版《談藝錄》第188～189頁談到了邵雍的五七律，對于邵雍律詩的創新處，評價甚高：北宋邵堯夫寄意於詩，驅遣文字，任意搬弄，在五七字中翻筋斗作諸狡獪。除當句對不計外，如《和吳沖卿》云：「人人可到我未到，物物不妨誰與妨」；《恨月吟》：「欄杆倚了還重倚，芳酒斟回又再斟」……皆掉臂徑行，不受格律桎梏。後來白沙、定山雖亦步趨，都無此恣肆。且堯夫於律，匪特變化對聯，篇章結構亦多因革。如《首尾吟》起結句同；《四長吟》中間以「一編詩」、「一部書」、「一柱香」、「一樽酒」平頭鋪開作兩聯；《春水》長律起四聯，又《花前勸酒》、《春秋》二首，均拈出兩字，於五律中參差反覆，轆轆映帶，格愈繁密，而調益流轉。……倘有詩人，能善用諸格，未嘗不彬彬然可親風雅也。

〔註5〕 屬邵雍的影響研究，見《札記》第414則（卷二，第958頁）陳傅良《止齋先生文集》五十二卷，附錄一卷。

卷十五《刻白氏長慶集鈔序》謂堯夫詞格出於樂天，信然）；古詩用俗語處，遠不如寒、拾，六也。

集中附見呂誨、富弼、邢恕、王益柔、韓絳等詩甚多，諸家無集，《宋詩紀事》皆未採錄，七也。

北宋前於康節如石曼卿《偶成》（「動非仁義何如靜，得見機關不似無。孔孟也應輕管晏，皋夔未必失唐虞。」）《首陽》（「恥生湯武干戈日，寧死唐虞揖讓區」）；龍昌期《詠門》等七律（皆見《皇朝文鑒》卷二十四）；謝濤《讀史》等七絕（卷二十七），皆已「導擊壤體」先路，八也。

《札記》第139則（卷一，第207頁）

劉子翬《屏山全集》二十卷。

屏山義理甚淺，據朱子撰《劉公墓表》：「少時好佛老清靜寂滅之說……其文頗調排比，而語整飭，頗工修詞，偶出寓言諧隱，……詩以五七古七絕爲最佳，筆致爽健，時苦粗直。雖與呂居仁友善，卻不作江西體，亦少「擊壤體」語。

《札記》第482則（卷二，第761頁）

葉適《水心集》二十九卷。

詩求爲健峭雅潔，而氣力單薄，語益多岨峿不安，意益復結檣不透，猝視之，似較浪語、止齋爲清秀，細按則情韻遠不如。《後村詩話・後集》卷一謂水心大儒，不可以詩人論……《瀛奎律髓》數言水心能文，自不工詩。〔註6〕

《札記》第307則（卷一，第520頁）

游九言《默齋存稿》二卷，增輯一卷。誠之乃理學家，《後村大全集》卷百七十六載其所作《張晉彥詩序》有云：「近世以來學江西詩不善，往往音節聱牙，意象迫切，議論太多，失吟詠性情之本意」云云。自作甚淺嫩。

〔註6〕　《宋詩選注・徐璣小傳》：我們沒有選葉適的詩，他號稱宋儒裏對詩文最講究的人，可是他的詩竭力鍊字酌句，而語氣不貫，意思不達，不及「四靈」還有那麼一點點靈秀的意致。

《札記》第 414 則（卷二，第 958 頁）

陳傅良《止齋先生文集》五十二卷、附錄一卷。君舉學問無薛季宣之淹博，葉正則之精細，文亦平平，詩之佳者，卻能以蒼健之筆申婉摯之情，跌宕唱歎，邁薛而（□）葉矣。惜每砌故實，頗多浪語，悶板之風，時湊語助，不無《擊壤》腐弱之習耳。

《札記》第 445 則（卷二，第 1021 頁）

魏了翁《鶴山先生大全文集》一百卷。南宋儒生爲濂洛之學者，朱子以外，華父最爲博涉，尤究心六書聲形，亦有詞藻，故四六屬對使事頗有工切者。而詩、古文語意庸鈍，機調滯塞，好做道學面目，殺風景，眞怪鬼壞事。古詩用字每蠻做，音節尤多不合。

《札記》第 514 則（卷二，第 843 頁）

楊時《龜山先生集》四十三卷，康熙丁亥楊繩祖重刊本。龜山詞筆緩弱，無光氣，以才華論，非屏山、晦庵之比，亦尚不如其女夫陳默堂。然較二程爲能文，吟詠亦尚有情致，無《擊壤集》習氣。

又第 440 則、第 329 則、第 31 則、第 353 則。

《札記》第 539 則（卷二，第 910 頁）

徐僑《毅齋詩集別錄》一卷。崇甫詩入《濂洛風雅》，筆力尚能拈起，非憪憪閉眉合眼者爲性理語所誤耳。

《札記》第 541 則（卷二，第 912 頁）

劉黻《蒙川遺稿》四卷。聲伯雖篤志洛閩之學，時以性理語入詩，至和紫陽《感興》二十首（卷一），然實得法於四靈，《四庫提要》乃云：「其詩亦淳古淡泊，（多規杋陳子昂體），雖限於風會，格律未純，而人品既高，神思自別，下視方回諸人，如鳳凰之翔於千仞矣。」蓋蒙然莫辨其爲江湖派之晚唐體也。

《札記》第 572 則（卷二，第 947 頁）

范浚《香溪先生文集》二十二卷。茂明《心箴》爲朱

子採入《孟子集注》，明世宗復注釋之，身後遂不寂寞，其
文析理明密，而筆舌潔快，勝於伊川、龜山。詩亦尚有情
思。

《札記》第276則（卷一，第458頁）

呂浦《竹溪稿》二卷。公甫出許白雲門下，吟風弄月，
每作道學口氣，令人叵耐。

《談藝錄》第23則「朱子書與詩」（88頁）：

朱子在理學家中，自爲能詩 [註7]，然才筆遠在其父韋
齋之下；較之同輩，亦尚遜陳止齋之蒼健、葉水心之道雅。
晚作尤粗率，早作雖修潔，而模擬之跡太著，如趙閒閒所
謂「字樣子詩」而已。

由於理學是我國封建社會後期的統治思想，理學在宋以後的
元、明、清各代的繼續發展，宋代理學家的詩歌也隨之在社會上流
傳。最著名的例子是金履祥所編選的理學家的詩歌集《濂洛風雅》，
到了清康熙四十七年（1708），得到了張伯行等人的新編，新選了宋
代理學家周敦頤至許衡等十四家，外加明代理學家薛瑄、胡居仁、羅
欽順三家之詩。在大眾選本中，自宋以來影響最大的童蒙讀物《千家
詩》爲裏邊收錄了理學家詩十餘首，而壓卷之作便是明道先生程顥的
《春日偶成》。張景星等編選的《宋詩別裁集》選入了理學家七家，
詩四十一首。以上事例都說明理學家詩在宋以後的詩歌接受史上扮演
著重要的角色。理學家由於其特殊的身份，成爲我們研究理學與宋詩
交融結合的最佳切入點，所以也是當代研究者在討論宋詩與理學關係
時最先注目的研究對象。如何研究、如何評價這些道學家詩人的詩歌
成就，成了一個問題。錢鍾書評理學家詩歌的幾則筆記給我們一些新
的啓示。

例如，關於朱熹的詩歌成就，元代的方回認爲「道學宗師於書無

〔註7〕《宋詩選注·劉子翬小傳》裏也説：假如一位道學家的詩集裏，「講
義語錄」的比例還不大，肯容許些「閒言語」，他就算得道學家中間
的大詩人，例如朱熹。

所不通，於文無所不能，詩其餘事，而高古清勁，盡掃諸子，又有一朱文公（《桐江續集・送羅壽可詩序》）。」李重華說：「南宋陸放翁堪與香山踵武，益開淺直路徑，其才氣固自沛乎有餘。人以范石湖配之，不知石湖較放翁，則更滑薄少味；同時求偶對，惟紫陽朱子可以當之。蓋紫陽雅正明潔，斷推南宋一大家。」（《貞一齋詩說》）在選本中，如已上面提到的《宋詩別裁集》爲例，朱熹的詩入選了十餘首，這是一個相當高的比例。在所有的這些評論與選擇中，非文學因素起了很大的作用。朱熹的詩歌成就到底如何，錢鍾書的意見是：

首先，「朱子在理學家中，自爲能詩」、「道學家中間的大詩人」，肯定做爲詩人的朱熹在詩歌創作上有存在的價值。

其二，與前輩相比他比不上邵雍，劉子翬，較之同輩，「亦尙遜陳止齋（陳傅良）之蒼健、葉水心（葉適）之遒雅」，就筆力而言「遠在其父韋齋（朱松）之下」——雖然他的詩名遠遠超過了他的父親。

其三，就朱熹的整個詩歌創作來看，錢鍾書認爲朱詩早年的作品勝過晚年，有「修潔」的特色，但是「模擬之跡太著，如趙閒閒所謂『字樣子詩』而已」，而晚年作品則比較的粗率。

此外，如陳傅良雖然「學問無薛季宣之淹博，葉正則之精細，文亦平平，詩之佳者，卻能以蒼健之筆申婉摯之情，跌宕唱歎，邁薛而馬失葉矣」，成就顯然超過葉適與薛瑄，陳傅良是我們宋詩研究較少關注的。又如楊時、范浚、徐僑等，大都聲名不顯，已有的宋詩研究是基本不提的。離開這些具體作家與作品的研究，我們勾勒出的宋詩與理學的關係研究自然是不充分的，也是站不住腳的。錢鍾書的這些簡約的評點，爲我們深入研究指了一條路，但深入還得靠我們自己。

以上是關於理學家的詩歌創作的一點小結，但眞正深入研究理學對宋詩的影響，僅抓理學家是遠遠不夠的，還要看對非理學家詩人的影響，也許這個才更具有普遍意義，也更能看出規律性的本質的東西。對此，錢鍾書也有自己的看法。

（二）詩家作理語

《札記》第 302 則（卷一，第 508 頁）

陳傑《自堂存稿》四卷……焘夫詩句律整致，頗工屬對，得力於晚唐爲多，與江西派之五言面目殊不肖，《提要》謂其「源出江西」，亦未具眼。好於近體中作理學語（如卷二《題濂溪畫像》云：「翠葉紅蓮地，光風霽月天。幾神千載悟，紙上更須圈。」《和葉宋英》云「風葉靜千林，歸根深復深。江山皆本色，天地見初心。」《歸夢》云：「人事擾多智，天機行不言。」《天人》云：「聖賢惟任道，兩不繫天人。」《醉鄉》云：「酒亦有何好，離人而趨天。」卷三《攜碧香酒賞紅白桃因觀江漲》云：「言之淺矣乾坤大，逝者如斯晝夜滔。」《惡講義不遜者》全首、《天命》全首、《窮舉》云：「幸生朱鷺相鳴後，猶憶義文未露前。」山谷雖偶有此類句，江西社中人只作禪語，放翁則喜爲之，江湖派遂成習氣。

《札記》第 346 則（卷一，第 554 頁）

吳龍翰《古梅吟稿》六卷。南宋江湖派詩，蓋出入於晚唐、江西二派之間，然不無偏至，秋崖則偏於江西，後村則偏於晚唐。

式賢奉劉、方爲師……而所作以濡染晚唐處爲多，卻無新秀語可採，多襲本朝人詞意。《四庫提要》謂其好言金丹爐火，未及其好攀附道學。如卷二《天目道中》之「三色儼如嚴父面」，即道學作怪，不特同卷《讀先曾大父遺文》之「道參太極本無機，易論先天與後天」而已。

《札記》第 402 則（卷二，第 949 頁）

牟巘《陵陽先生集》二十四卷。筆力尚振，而語黏詞駁，道學禪機，雜出其間，無可節取。

《札記》第 438 則（卷二，第 996 頁）

羅與之與甫《雪坡小稿》二卷，好以七律爲理語，如卷二之《動後》、《聞道》、《衛生》、《談道》、《默坐》、《此

悟》諸首，皆《擊壤集》體之修飭者。

《札記》第446則（卷二，第1023頁）（《南宋群賢小集》）

第十一冊：林希逸肅翁《竹溪十一稿詩選》。

林希逸肅翁《竹溪十一彙詩選》。竹溪詩妥緻而能流活，爲理語作詩之最工者，庶幾以劉潛夫之筆，寫邵堯夫之旨。刻畫風物亦復新切，餘見第二十二則，又《談藝錄》第二百七十九頁。

《札記》第453則（卷一，第705頁）

《南宋群賢小集》第四十冊卷二十四陳起宗之《夜聽誦太極西銘》：「六經宇宙包無際，消得斯文一貫穿。萬水混茫潮約海，三辰煥爛鬥分天。鳶魚察理河洛後，金玉追章秦漢前。遙夜並聽仍暗味，奎明誰敢第三篇。」

按，紀文達《瀛奎律髓刊誤序》斥方虛谷論詩三弊，其二曰「攀附洛閩道學」，誠中其病。然此乃南宋末年風氣，不獨虛谷爲然，江湖派中人亦復如是，芸居此詩其一例也。他如卷十四《學易齋》：「圖（《太極圖》）書（《通書》）詣其微，精實超惚恍。啓蒙析其義，端倪見俯仰。」又《挈矩書院示學子》一首發揮「天人特異名，性情即理氣」之旨，娓娓一千言，有曰「至哉子朱子」，又曰：「吾因伊川程」，眞所謂押韻講義也。西山先生《珍文忠公文集》卷三十六《跋宋正甫詩集》（即《宋詩紀事》卷七十一宋自適）（措語皆道學語，似亦江湖派）。

吳西疇《嵐臯集》卷下《蔣氏靜山塘》（第三百二十七則）、吳龍翰《古梅吟稿》卷一《持敬堂》卷二《杜先大人遺文》（第三百四十六則）、陳傑《自堂集》（第三百二則）、衛宗武《秋聲集》卷一《理學》（第六百六十四則）、毛珝《吾竹小稿》（第二十二則）、羅與之《雪坡小稿》（第四百三十八則）、周公瑾景慕濂溪，《草窗韻語》六稿《藏書示兒》（第二百五十八則）皆可作證。

《札記》第464則（卷一，第730頁）

衛宗武《秋聲集》六卷。淇父華亭人，宋之遺老，卷

二有《和家則堂韻》七古一首，即家鉉翁也。詩亦沿南宋江湖體，頗纖滑，時以理學語摻入（捨卷一《理學》、《贈潘天遊》等五古外，如同卷《錢竹深招泛西湖值雨即事》云：「煙靄渺無際，宛類太極初。」《賦南墅竹》云：「有體兼有用，迥異凡草木。」卷四《春日》云：「化工溥至仁，生機運不停。」《望霽》云：「重明麗乎正，萬象生輝光。」正復當時結習（參觀第四百五十三則）。

《札記》第 478 則（卷一，第 751 頁）

朱淑眞《斷腸詩集》十卷、《後集》七卷，鄭元佐注，《武林往哲遺著》本。其詩分春、夏、秋、冬四景、閨怨、花木諸類，意陳語纖，淺俗寡韻，只與魚玄機彷彿，太半皆小詞語，如卷五《秋夜聞雨》之「似麗身材無事瘦，如絲腸肚怎禁愁」，入詩倒盡架子矣。《後集》卷四《新冬》七絕云：「日一北而萬物生，始知天意在收成。愚民未喻祈寒理，往往相爲嗟怨聲。」腐率可笑。首句全用《太玄經》。宋之巾幗亦戴頭巾，豈眞爲文公侄女耶（《四庫提要·斷腸詞集》）。《後集》卷《賀人移學東軒》七律亦然。姚園客《露書》卷四謂其詩「多陳氣」，洵然。後王德卿《德風亭初集》詩文亦有道學氣。

《札記》第 498 則（卷二，第 802 頁）

鄭樵《夾漈遺稿》三卷。鄭樵博學深思，以著述之才自負……詩則粗而每入於腐，如《題夾漈草堂二首》、《題南山書堂》、《漫興十首》皆時作《擊壤集》語，蓋文有策士風，詩則染道學家習也。

《札記》第 502 則（卷二，第 816 頁）

史堯弼唐英《蓮峰集》十卷。

唐英文好作性理語，其詩如卷一《醉臥至夜半，半醒中若有所愧者，聞空庭石渠流水，瀄瀄清亮，不覺心體頓舒，醉臥俱失，因賦其所感》略云：「孰爲見在心，勿正能勿忘。涓涓石渠溜，起予者卜商。冷然落枕寒，解渴不待

嘗。坐令肝肺間，一一流天漿。須臾四體喻，髮膚了無癢。
流水去不捨，此心湛如常。」《留題丹經卷後》略云：「人
身生死猶晝夜……」皆足徵唐英非無意於道學者也。

《札記》第558則（卷二，第921頁）

　　胡次焱《梅岩文集》十卷。濟鼎入元不仕，頗矜清節，
所作欲兼道學名儒之理，與江湖散人之騷情，拈弄點染，
腐而佻，野而纖，皆當時習氣。

《札記》第561則（卷二，第926頁）

　　徐鹿卿《清正存稿》六卷。德夫循吏名儒，詩文多理
學語，殊苦鈍腐。

理學對詩歌創作影響的幾個空白點，如邵雍前的石曼卿、龍昌
期、謝濤等都已「導擊壤體先路」〔註8〕，又如黃庭堅的詩作理語，
以爲「已開南宋理學家吟詠法門」〔註9〕，但是「山谷雖偶有此類句，
江西社中人只作禪語，放翁則喜爲之，江湖派遂成習氣。」（《札記》
302則）

〔註8〕《札記》第430則（卷二，第984頁）邵雍《伊川擊壤集》二十卷：
　　　　「北宋前於康節如石曼卿《偶成》（『動非仁義何如靜，得見機關不
　　　　似無。孔孟也應輕管晏，皋夔未必失唐虞。』）《首陽》（『恥生湯武
　　　　干戈日，寧死唐虞揖讓區』）；龍昌期《詠門》等七律（皆見《皇朝
　　　　文鑒》卷二十四）；謝濤《讀史》等七絕（卷二十七）皆導擊壤體先
　　　　路。」

〔註9〕蓋山谷詩好言心性，雖太半皆釋氏語，然如《送王郎》云：「炊沙作
　　　　糜終不飽，鏤冰文章費工巧。要須心地收汗馬，孔孟行世日杲杲。」
　　　　《次韻高子勉》第八首云：「鑿開混沌竅，窺見伏羲心。」（參觀第
　　　　四百十九則）《奉答聖思答論語長句》云：「觀海諸君知浩渺，學山
　　　　他日看崇成。」《次韻郭右曹》云：「歲中日月又除盡，聖處工夫無
　　　　半分。」（退之《感春》云：「不到聖處寧非癡」，謂醉也。此借用其
　　　　字。山谷《次韻楊明叔》亦云：「富貴何足道，聖處要策勳。」）《去
　　　　賢齋》云：「末路風波尤浩渺，古人廉陛要躋攀。」《次韻元日》云：
　　　　「四十九年蘧伯玉，聖人門戶見重重。」《贈謝敞王博喻》云：「高
　　　　哉孔孟如秋月，萬古清光仰照臨。……文章最忌隨人後，道德無多
　　　　只本心。」已開南宋理學家吟詠法門。——《札記》第453則（卷
　　　　一，第705頁）

　　就錢鍾書的論述看，理學與宋詩關係密切期應該是南宋晚期。
這種關係，首先體現為一種矛盾，如劉克莊，一方面反對詩歌中作理
學語，另一方面又在詩歌中大談理語〔註10〕，這本身就是一個矛
盾。又如關於嚴羽《滄浪詩話》中「詩有別趣，非關理也」中「理」
之「所指」的探討；又如方回對道學的攀附；再如周密反對道學，但
詩作中常有道學語（參觀《札記》）。其中錢鍾書提到的江湖派詩人作
理學語這一現象最值得我們深入探討：除羅與之外，其他江湖詩人如
陳起、史堯弼、吳龍翰、陳傑等在詩歌創作中都作理學語。在我們以
往的印象中，江湖詩人總與清苦之音聯繫在一起，錢鍾書提到了江
湖派中大量做理學語的現象有雙重意義，首先，我們對於南宋江湖詩
派研究還很淺層，其次，理學與詩人的結合的複雜性遠遠超出我們的
想像。

　　我們常說透過「現象」看「本質」，理學與宋詩關係的研究，也
不例外。在我們到達理學與宋詩關係的「本質」之前，這些都是值得
我們深入探討的「現象」，當然為將這一問題闡述得更清晰，還得發
現更多的「現象」，錢鍾書已經給我們開了一個很好的頭。

第二節　論以文為詩

　　回望整個古代文學的發展，從孔門「四科」之一的「文學」到漢
代「文學」、「文章」的分別，再到六朝文、筆之辨，都體現了純文學
觀念趨於明晰的進程，既文學性寫作與非文學性寫作的分流；而從文

〔註10〕放翁七律益好為頭巾語，《甌北詩話》至推其得力性理（參觀《談藝
　　　　錄》第一四九頁）。餘如洪平齋、林竹溪、劉後村輩（《後村大全集》
　　　　卷二《先儒》、卷四《書感》、《聖賢》、《遺編》、《一念》、卷二十六
　　　　《進德》、《忍欲》之類，不勝一一舉。《隱居通議》卷十所謂「後村
　　　　《序竹溪詩》『精義策論之有韻者』一句最道著宋詩之病，然其自作
　　　　則有時而不免」。劉須溪則云：『後村所短實在於此。』可發一笑」）
　　　　莫不作近體詩借道學語以自重，至理學家所作篇什更不必論矣。一
　　　　時風氣，於盧谷乎何尤？──《札記》第 446 則（卷二，第 1023 頁）
　　　　（《南宋群賢小集》）

學性寫作的內部來看，它是一個各種文學體裁的分工日益細緻化的進程。這場分工的結果就是各種文體取得獨立地位、各自成其獨立體系。我們歷來強調的「詩文各有體」，所謂「詩文分流」，就是很好的例證。但在當日的現實的寫作世界中，各文體之間的相互滲透是不可避免的。這種情形到了宋代——一個充滿變革與撞擊的文學時代，就形成了文體學上的一個很有意思的現象：文與賦、詩與文、詩與詞的交融與辨體在宋代都達到頂峰。

從表層看，宋代詩文體制的辨析與論爭的核心是對各文體尤其是詩與文、詩與詞之間的文體形態作界定，以及不同體式規範背後審美風格差異的重視與探討。限於篇幅，本文主要討論有關宋詩的「以文為詩」問題，以及錢鍾書關於這一問題的一些看法。

「以文為詩」最初的提出是用來歸結韓愈詩的「非本色」特點的，是作為文學批評術語而存在的：

> 退之以文為詩，子瞻以詩為詞，如教坊雷大使之舞，雖極天下之工，要非本色。

陳師道《後山詩話》

此外還有一則著名的「館下談詩」的詩話也涉及了這一問題：

> 沈括存中、呂惠卿吉父、王存正仲、李常公擇，治平中，同在館下談詩。存中曰：「韓退之詩乃押韻之文，雖健美富贍，而格不近詩。」吉父曰：「詩正當如是，我謂詩人以來未有如退之者。」正仲是存中，公擇是吉父，四人交相詰難，久而不決。公擇忽正色謂正仲曰：「君子群而不黨，公何黨存中也？」正仲勃然曰：「我所見如此，顧豈黨邪？以我偶同存中，遂謂之黨，然則君非吉父之黨乎？」一坐大笑，予每評詩，多與存中合。

魏泰《東軒筆錄》〔註11〕

〔註11〕這則著名的「館下談詩」在宋人的詩話中多次出現，分別見於魏泰《東軒筆錄》和《臨漢隱居詩話》、惠洪《冷齋夜話》、胡仔《苕溪漁隱叢話》即魏慶之《詩人玉屑》。「按各本詩話成書的先後看，魏泰此則詩話的原作者，惠洪是抄錄此則詩話有關內容的第二個作

其中「押韻之文」的問題的實質，即是後世所謂的「以文爲詩」詩學觀念。兩則詩話的批評對象都是韓詩，但實際上，在北宋的眾多詩人的創作中，以文爲詩的現象是大量存在的，而不僅僅是一個評論的問題。這樣，到南宋末，隨著詩學的發展，這一概念被無形的擴大了：

> 迨本朝則文人多，詩人少。三百年間，雖各有集，集各有詩，詩各自有體，或尚理致，或負材力，或逞辯博，少者千言，多至萬首，要皆經義、策論之有韻者爾，非詩也。
>
> 劉克莊《竹溪詩序》，《後村先生大全集》卷九四

> 近代諸公乃作奇特解會，遂以文字爲詩，以才學爲詩，以議論爲詩；夫豈不工，終非古人之詩也，蓋於一唱三歎之音，有所歎焉。
>
> 嚴羽《滄浪詩話·詩辯》

至此，「以文爲詩」又成了宋詩的一個特徵。

「以文爲詩」是一個可以從各個方面去進行解釋與評價的問題，宋人關於詩歌正變之說、明清人的唐宋詩之爭、近代的初期白話詩觀念〔註12〕，都與其有著密切的聯繫。對於宋詩的特點、宋詩特

者，至於胡仔和魏慶之，由於他們編輯的二書皆屬總集性質的詩話，故是轉錄了魏泰的記載，即「館下談詩」是他們輯錄的眾多宋人詩話中的其中一則。」（香港浸會大學中文系，吳淑鈿《「館下談詩」探析》，載《復旦大學學報》2002 年第 6 期）也有人主張惠洪是第一作者，如朱自清的《論「以文爲詩」》（原載濟南《大華日報》1947年 6 月 5 日《學文週刊》，此據《朱自清說詩》，上海古籍出版社，1998 年）

〔註12〕最著名的例子當屬胡適，他說：「我認定了中國詩史上的趨勢，由唐詩變爲宋詩，無甚玄妙，只是作詩更近於作文！更近於說話。……宋朝的大詩人的絕大貢獻，只在打破了六朝以來的聲律的束縛，努力造成一種近於說話的詩體。」（胡適：《逼上梁山——文學革命的開始》，《中國新文學大系·建設理論集》，良友圖書印刷公司，1935年版，第 8 頁）

若干年後他對這個主張作了交待：我那時（1915）的主張頗受了讀

點的形成、宋詩的接受、影響與評價等問題的討論，都離不開「以文為詩」。

正因如此，整個 20 世紀，人們對「以文為詩」的關注從未間斷過。從最初的胡適將宋詩的「以文為詩」與白話文的「作詩如說話」在理論上統一起來、1947 年朱自清的《論「以文為詩」》，到 1954 年陳寅恪《論韓愈》、1979 年程千帆《韓愈以文為詩說》，現當代一些著名的學者都對於這一問題發表了自己的看法。雖然沒有專文討論，但從《談藝錄》（1948）到《宋詩選注》（1958），錢鍾書對「以文為詩」始終有著自己的看法。梳理和總結錢氏關於「以文為詩」的這些論述，無疑會使我們打開眼界，同時也更深入地思考「以文為詩」對於中國詩歌發展的意義。也許，當我們在 20 世紀的「以文為詩」研究的大背景下來看錢的「以文為詩」研究，大概更能體會到這一點。

「從橫向來看，20 世紀的『以文為詩』研究關注面較廣、角度多樣，頗多新穎之見。大體上涉及了以下這些方面：何謂『以文為詩』？它有哪些表現形式？『以文為詩』作為一種創作手法始於何時？韓愈『以文為詩』的原因何在？對『以文為詩』應當採取什麼態度？」

這是劉磊、尚永亮的《20 世紀「以文為詩」研究述論》（載於《中州學刊》2004 年第 5 期）總結的幾個方面，我們參照其中的一些問題，來看錢鍾書對此問題的一些看法：

一、何謂「以文為詩」？它有哪些表現形式？

具體怎樣才算「以文為詩」？它在詩歌中究竟以何種形式表現出來？對於這些問題的解答長期存在分歧。客觀上說，「以文為詩」無

宋詩的影響，所以說「要修作詩如作文」，又反對「琢鏤粉飾」的詩。足見「以文為詩」不僅直接影響了宋詩的整體面貌，而且其影響還延伸到「五四」以後的新文學。「五四」新詩是濫觴於「作詩如作文」的宋詩的，新詩、舊詩原來是一脈相承。

論是作爲一種創作手法或是作爲批評用語的存在都具有很強的歷時性特點,在不同時期不同階段都呈現出不同的內涵與外延。對於這樣一個變化著的概念,要做到一個絕對統一的解釋是困難的。基於此,我們看到錢先生對於「以文爲詩」是直接入論,沒有作概念的分析。對於以文爲詩的表現手法,大家較爲統一的看法是以散文化的句式、大量虛詞的運用、以文章氣脈入詩。錢在《談藝錄》第十八則「荊公用昌黎詩、詩用語助」條中對中國古典詩歌中「虛詞」運用的一個回顧堪稱經典:

> 荊公五七古善用語助,有以文爲詩、渾灝古茂之致,此秘尤得昌黎之傳。詩用虛字,劉彥和《文心雕龍》第三十四《章句》篇結語已略論之。蓋周秦之詩騷,漢魏以來之雜體歌行,如……,或四言,或五言記事長篇,或七言,或長短句,皆往往使語助以添迤邐之概。……唐則李杜以前,陳子昂,張九齡,使助詞較多。然亦人不數篇,篇不數句,多搖曳以添姿致,非頓勒以增氣力。……唐人則元次山參古文風格,語助無不可用,尤善使「焉」字,「而」字……昌黎薈萃諸家句法之長,元白五古亦能用虛字,而無昌黎之神通大力,充類至盡,窮態極妍。

這是從詩歌語言的角度來分析「以文爲詩」,對韓愈以前的詩歌中的「虛詞」運用作了一個簡單的回顧。並認爲使用虛字有助於增添詩歌的「迤邐之概」,而且指出唐人詩篇中雖有使用助詞,「然亦人不數篇,篇不數句,多搖曳以添姿致,非頓勒以增氣力。」對虛詞的運用還只是停留在有意無意之間;只有到了韓愈,薈萃諸家句法之長,他對虛詞的達到了「神通大力、充類至盡,窮態極妍」的境界。「以文爲詩」在韓愈手中得到自覺地運用。

此外「以文爲詩」的第二點,所謂的「散文化的句式」、「文章氣脈入詩」,──即散文的結構來書寫詩歌,這一點錢先生在《談藝錄》中沒有具體談,但在《宋詩選注·歐陽修小傳》中說道:

> 他深受李白和他深受李白和韓愈的影響,要想一方面

保存唐人定下來的形式，一方面使這些形式具有彈性，可以比較的暢所欲言而不至於削足適履似的犧牲了內容，希望詩歌不喪失整齊的體裁而能接近散文那樣的流動瀟灑的風格。

所謂使這些形式具有彈性，希望詩歌能接近散文那樣的流動瀟灑的風格，光依靠幾個虛詞的運用顯然是不夠的，這就必然得運用散文的句式，散文的布局——即所謂的「文章氣脈」來寫詩。從歐陽修自身的創作來看，這樣的作品有許多，方東樹《昭昧詹言》云：觀韓、歐、蘇三家，章法剪裁，純以古文之法行之，所以獨步千古。又云：歐公作詩，全在用古文章法。這裡不列舉討論了，因為下文會詳細討論這一問題。

事實上，關於「以文為詩」，除了以散文的語言、散文的句式入詩這兩點外，錢鍾書在《談藝錄》第四則「文體遞變」中還強調了一點，即以散文的內容入詩：

> 文章之革故鼎新，道無它，曰以不文為文，以文為詩而已。向所謂不入文之事物，今則取為文料，向所謂不雅之字句，今則組織而斐然成章。謂為詩文境域之擴充，可也；謂為不入詩文名物之侵入，亦可也。

二、「以文為詩」作為一種創作手法始於何時？

關於「以文為詩」始於何時，大致有三種觀點。

有人認為「『以文為詩』雖然是在中唐的韓愈手裏進行的，但陶淵明顯然已開其先河，而且成就斐然。」〔註13〕

也有人認為「以文為詩」始於杜甫，許總《杜甫以文為詩論》就明確提出：「以文為詩始自杜。」（《學術月刊》1983 年第 11 期）

當然更多的人認為「以文為詩」始自韓愈。這似乎是宋代以來眾多論者的共識。20 世紀中，絕大多數學者也持同樣看法。

〔註13〕 高建新《「以文為詩」始於陶淵明》，《內蒙古大學學報》2002 年第 4 期。

　　錢先生應該也是同意「以文爲詩」始自韓愈，《談藝錄》第四則「詩文遞變」中有這樣一段：

　　　　趙閒閒《滏水集》卷十九《與李孟英書》曰：「少陵知詩之爲詩，未知不詩之爲詩，及昌黎以古文渾灝，溢而爲詩，而古今之變盡。」蓋皆深有識於文章演變之原，而世人忽焉。今之師宿，解道黃公度，以爲其詩能推陳出新；《人境廬詩鈔·自序》不云乎：「用古文伸縮離合之法以入詩。」寧非昌黎至巢經巢以文爲詩之意耶。

又同則〔附說五〕：

　　　　呂惠卿首稱退之能以文爲詩。魏道輔《東軒筆錄》卷十二記治平中，與惠卿、沈括等同在館下談詩。沈存中曰：「韓退之詩，乃押韻之文爾」；呂吉父曰：「詩正當如是。詩人以來，未有如退之者」云云。吉父佞人，而論詩識殊卓爾。王逢原《廣陵集》卷六附有吉甫《答逢原》五古一首，學韓公可謂嚌胾得髓，宜其爲昌黎賞音矣。……

　　從這兩則看，錢先生都是主張「以文爲詩」始自韓愈的；他認同趙閒閒「少陵知詩之爲詩，未知不詩之爲詩」的觀點，以爲趙「深識文章演變之原」，而「及昌黎以古文渾灝，溢而爲詩，而古今之變盡」的意義就是韓愈是第一個以古文的手法來寫詩的作者，一個「及」字，道出全部秘密。

　　至於陶淵明與「以文爲詩」，錢先生在《談藝錄》第十八則「荊公用昌黎詩、詩用語助」條中提到：

　　　　唐以前惟陶淵明通文於詩，稍引厥緒，樸茂流轉，別開風格。如「結廬在人境，而無車馬喧」；「倒裳往自開，問子爲誰與？」……其以「之」字作代名詞用者亦極妙，如「微雨從東來，好風與之俱」；「過門更相呼，有酒斟酌之。」

　　可以說錢先生注意到了陶詩中的大量虛詞的運用現象，但對此錢的意見是「通文於詩」，與「以文爲詩」還是有很大區別的。詩歌創作中詩歌語言與散文語言的界限並非是決對的清晰，詩歌與其他文

體出現不自覺地融通也是正常的現象。僅就一種詩歌創作傾向而言，它可以追溯到先秦《詩經》中「賦」的手法和陶淵明的上述詩歌，但這僅僅是「通文於詩」而已，是各文體間相互滲透的一種自然現象；有些研究者將錢先生提到的陶淵明「通文於詩」作為以文為詩始於陶淵明的一條佐證，是對錢的誤讀。

綜上，「以文為詩」作為詩歌批評史上特定內涵和外延的一個概念，其意義所指的始端應在韓愈，而杜甫、陶淵明只可看作前驅。

三、對「以文為詩」應當採取什麼態度？

這個問題近百年來爭論最為激烈。從對最初的韓愈到北宋的幾位大詩人的「以文為詩」，歷代都有不同評價，如對歐陽修的「以文為詩」清人就有兩種截然不同的評論：

> 歐公作詩，全在古文章法……觀韓、歐、蘇軾三家，章法裁剪，純以古文之法行之，所以獨步千古。
>
> ——方東樹《昭昧詹言》

> 詩到盧陵，真是一厄，如《飛蓋橋玩月》云：「乃於其兩間」「劚夫人之靈」「而我於此時」，開後人無數惡習。
>
> ——《載酒園詩話》

「以文為詩」的實質應該是始於中唐、興於北宋的一場詩歌散文化實驗。與背後的古文運動都有著密切關係。這場實驗的背後都有著寫作強勢語言對詩歌表達方式的滲透，這就是朱自清在《論「以文為詩」》〔註 14〕「宋以來怕可以說是我們的散文時代，散文化的詩才有愛學讀的人。」這場實驗塑造了宋詩的新風格，也就引發了所謂唐宋詩格之變。

在這個問題上，錢鐘書首先充分肯定了「以文為詩」對詩歌發展的意義。《談藝錄》第四則「詩文遞變」中詳細地論述了這一問題。

〔註 14〕原載濟南《大華日報》1947 年 6 月 5 日《學文週刊》，後收入《朱自清說詩》，上海古籍出版社，1998 年。

他認爲「文章之革故鼎新，道無它，日以不文爲文，以文爲詩而已。向所謂不入文之事物，今則取爲文料，向所謂不雅之字句，今則組織而斐然成章。謂爲詩文境域之擴充，可也；謂爲不入詩文名物之侵入，亦可也。」並引用了大量的例證來說明。出了上面已引用的趙閒閒、呂惠卿的例證外，還有其他數條：

> 南宋劉辰翁評詩，尋章摘句，小道恐泥，而《須溪集》卷六《趙仲仁詩序》云：「後村謂文人之詩，與詩人之詩不同。味其言外，似有所不滿。而不知其所乏適在此也。文人兼詩，詩不兼文。杜雖詩翁，散語可見，惟韓蘇傾竭變化，如雷霆河漢，可驚可快，必無復可憾者，蓋以其文人之詩也。詩猶文也，盡如口語，豈不更勝。彼一偏一曲，自擅詩人詩，局局焉，靡靡焉，無所用其四體」云云。頗能眼光出牛背上。與金之趙閒閒，一南一北，議論相同。

> 林謙之光朝《艾軒集》卷五《讀韓柳蘇黃集》一篇，比喻尤確。其言曰：「韓柳之別猶作室。子厚則先量自家四至所到，不敢略侵別人田地。退之則惟意之所指，橫斜曲直，只要自家屋子飽滿，不問田地四至，或在我與別人也。」即余前所謂侵入擴充之說。子厚與退之以古文齊名，而柳詩婉約琢斂，不使虛字，不肆筆舌，未嘗如退之以文爲詩。艾軒眞妙語天下者。

同時，詩格的改變並非是個一邊倒的情況，實際上，在這場變革中，很明顯地存在兩種較爲典型的現象，一種是詩歌借用散文的語言形式和表象手法後，形成了新的抒情風貌，而沒有喪失其文學性；另一種則是詩歌借用散文的語言形式和表現手法後，使得美感特徵被削弱了，甚至成爲「非詩」。錢鍾書在《宋詩選注》的序言中也強調了對詩歌特性的強調：

> 也許史料裏把一件事情敘述得比較詳細，但是詩歌裏經過一番提煉和剪裁，就把它表現得更集中、更具體、更鮮明，產生了有強烈又深永的效果。反過來說，要是詩歌缺乏這種藝術特性，只是枯燥粗糙的平鋪直敘，那麼，雖

然它在內容上有史實的根據，或者竟可以補歷史記錄的缺漏，它也只是押韻的文件，例如下面王禹偁《對雪》的注釋裏所引的李復《兵饉行》。

在充分肯定了「以文爲詩」的積極意義的同時，錢鍾書對以文爲詩的消極作用也非常清楚。《談藝錄》第一八則「詩用語助」條：

> 蓋理學家用虛字，見其眞率容易，故冗而腐；竟陵派用虛字，出於矯揉造作，故險而酸。一則文理通而不似詩，一則苦做詩而文理不通。兼酸與腐，極以文爲詩之醜態者，爲清高宗之六集，撙石齋，復初齋二家集中惡詩，差足輔佐，亦虞廷庚歌之變相也。（78頁）

《宋詩選注》歐陽修的簡評中也一分爲二地探討了這個問題：

> 在「以文爲詩」這一點上，他爲王安石、蘇軾等人奠了基礎，同時也替道學家像邵雍、徐積之流開了個端；這些道學家常要用詩體來講哲學、史學以至天文、水利，更覺得內容受了詩律的限制，就進一步地散文化，寫出來的不是擺脫了形式整齊的束縛的詩歌，而是還未擺脫押韻的牽累的散文，例如徐積那首近二千字的《大河》詩。

總而言之，錢鍾書認爲，韓愈的「以文爲詩」是詩歌史上的一次創新，取得了很大成就，但也有弊病；「以文爲詩」本身不是缺點，關鍵是看如何運用它；韓愈「以文爲詩」對宋詩影響甚大，宋代詩人中如歐陽修、蘇軾運用「以文爲詩」較成功，形成了宋詩重要特色，但也有不少人運用過分，導致了一些詩作枯燥乏味。吳喬《圍爐詩話》：「詩貴有含蓄不盡之意，尤以不著意見聲色故事議論者爲最上。」講含蓄講言有盡而意無窮，語言是高度濃縮的，內涵往往有跳躍，給讀者留有廣闊的想像空間，忌議論忌鋪排。以文爲詩，因其連貫而且過於明白的敘述性語言，使人一覽無遺，缺少含蓄，損害了詩的形象性，也削弱了詩歌的美感。

除上述三問題外，錢先生還有對具體詩人創作中的「以文爲詩」進行了評價，我們來看一下錢鍾書對梅堯臣詩歌創作中的以文爲詩的

評價：

　　梅堯臣是宋詩風格的形成具有創闢意義的一位詩人——劉克莊《後村詩話前集》說：「本朝詩唯宛陵為開山祖師」、葉燮《原詩外篇》也說：「開宋詩一代面目者，識於梅堯臣、蘇舜欽二人。」這大概是大家的共識了，同樣，在「以文為詩」這一點上他也是一位努力探索者，雖然他的成就或天分比不上歐陽修與蘇軾。

　　錢鍾書《談藝錄》在第 49 則「梅宛陵」168 頁補訂一中談到了梅的「以文為詩」：

　　　　重訂此書，因復取《宛陵集》讀之，頗有榛蕪彌望之歎。增說數事。

　　　　《希深惠書，言與師魯、永叔、子聰、幾道遊嵩，因誦而韻之》。按謝絳《遊嵩山寄梅殿丞書》與聖諭此詩及協又答聖鈺書皆錄入《歐陽文忠集‧附錄》卷五，《皇朝文鑒》卷一百十三亦選謝書，蓋北宋名文也。光律元《有不為齋隨筆》卷壬云：「謝希深書與此詩比勘，韻不因書，書如就韻，誠奇作也。惟『草草具觴豆』一語，與書中『具豐饌醇醴』不合。」

　　　　此詩在《宛陵集》中較為竟體完備之作，然如「吾儕色先愀」句，自注「葉韻」，縛韻窘狀，呈露無隱。……聖俞不具昌黎、玉川之健筆，而欲「以文為詩」，徒見憨鈍。其題畫之作，欲以昌黎《畫記》之法入詩，遂篇篇如收藏簿錄也。

　　謝絳的《遊嵩山寄梅殿丞書》是一封長達 1248 字的書信，具體記敘了謝絳等人有嵩山的經歷，實際上是一篇遊記。梅堯臣「因誦而韻之」，就是把散文用詩的形式改寫出來，這當是梅堯臣的首創，也是梅堯臣「以文為詩」的成功之作，之所以成功，王水照師在《北宋洛陽文人集團和宋詩新貌的孕育》一文中作了精當的論述：「梅詩完全逐段演繹謝書，是謝書的改寫和移植，這是宋詩散文化的一個契機。詩歌本是精練的語言藝術，比之散文，更追求形象性，故有不少

地方梅加進自己的想像……已不帶有其他具體的目的，純以散文的精神和手法入詩，以此擴展詩體的功能和內涵，成爲對詩體的一種改革和改造的嘗試。」〔註15〕

這是梅堯臣以文爲詩的成功作，所以一向很挑剔的錢先生也認爲此詩在《宛陵集》中爲「竟體完備」之作了。但同時梅堯臣在「以文爲詩」方面也有不成功的作品，錢先生特別提到了梅的題畫詩，毫不留情地指出它們「篇篇如收藏簿錄」，這就把詩寫成了應用文，失去了詩的屬性，如《觀邵不疑學士所藏名書古畫》、《依韻吳沖卿秘閣觀逸少墨蹟》、《觀何君保畫》等。本來，這種評論文字宜以散文爲之，非詩歌所擅長。對於這類作品，錢先生轉引了一個風趣的比喻：

> 吳修齡《圍爐詩話》卷一云：「意喻之米，文則炊而爲飯，詩則釀而爲酒。飯不變米形，酒則盡變。噉飯則飽，飲酒則醉」，竊謂聖俞以文爲詩，尚不足方米煮成粥，只是湯泡乾飯，遑語於酒乎。

這也說明「以文爲詩」是一把雙刃劍，耍不好，就有可能出洋相。這一手法的運用，到了歐陽修、蘇軾手中才達到純熟的地步。尤其是歐陽修「深受李白和韓愈的影響，要想一方面保存唐人定下來的形式，一方面使這些形式具有彈性，可以比較的暢所欲言而不至於削足適履似的犧牲了內容，希望詩歌不喪失整齊的體裁而能接近散文那樣的流動瀟灑的風格。在「以文爲詩」這一點上，他爲王安石、蘇軾等人奠了基礎」。在他的影響下，王安石、蘇軾、王令、黃庭堅等都不同程度地在不同方面受到了韓詩的影響，創作了一大批優秀的詩作，逐漸形成了在總體上不同於唐詩而具有獨特風格的宋詩。正是在宋詩豐富的創作實踐的基礎上，稍晚於蘇黃的陳師道第一次提出「以文爲詩」這一概念。

〔註15〕《王水照自選集》，上海世紀出版集團，2000 年 5 月第一版，第 178 ～179 頁。

四、宋人以後的「以文爲詩」問題

（一）論桐城詩派的「以文爲詩」

錢先生在《談藝錄》第四二則「明清人師法宋詩桐城詩派」中談到了這個問題：

> 惜抱以後，桐城古文家能爲詩者，莫不欲口喝西江。姚石甫、方植之、梅伯言、毛嶽生，以至近日之吳摯父、姚叔節皆然。且專法山谷之硬，不屑後山之幽。又欲以古文義法，入之聲律，**實推廣以文爲詩風氣**。讀《昭昧詹言》三錄可知。

這是說桐城詩派的推廣「以文爲詩」，這對清詩的發展應該是個關節點，而清詩一向與宋詩聯繫在一起。

論錢載的「以文爲詩」：

> 籜石詩多有學東野者，如《古琴》、《雪夜》兩五古；有似竟陵派者，如《驟雨過南湖》一五律，其「發動涼於樹，船來活似萍」一聯，乃鍾譚句樣。好以鄉談里諺入詩，而自加注釋，則又似放翁慣技。然所心摹手追，實在昌黎之妥貼排戛，不僅以古文章法爲詩，且以古文句調入詩。清代之以文爲詩，莫先於是，莫大於是，而亦莫濫於是。固宜推爲先覺，亦當懸爲厲禁。至其盡洗鉛華，求歸質厚，不囿時習，自闢別蹊；舉世爲蕩子詩，輕唇利吻，獨甘作鄉愿體，古貌法言。即此一端，亦豪傑之士。……雖然，籜石力革詩弊，而所作幾不類詩，僅稍愈於梅宛陵爾。決海救焚，焚收而溺至；飲鴆止渴，渴解而身亡。此明道所以有「扶醉漢」之歎也。
>
> ——《談藝錄》第五十二則「錢籜石詩」

> 籜石好收藏，精鑒賞。顧其題詠書畫，有議論、工描摹，而不掉書袋作考訂。如《秋山白雲圖》、《劉松年觀畫圖》……諸篇，皆樸厚中含靈秀。……《眞晉齋圖》氣機渾灝流轉，如一筆書，以文爲詩，盡厥能事。

> 清高宗亦以文爲詩，語助拖沓，令人作嘔。籜石既入

翰林，應制賡歌，頗仿御製，長君惡以結主知，詩遂大壞。
其和乾隆句，如「舜之仁義從容合，益以風雷奮發深」……
洵《柳南隨筆》卷二所謂「五七字詩文」。

——《談藝錄》第五十四則「錢籜石
以文爲詩用語助」（第 179 頁）

（二）論黃遵憲的「以文爲詩」

近人論詩界維新，必推黃公度。《人境廬詩》奇才大
句，自爲作手。五古議論縱橫，近隨園、甌北；歌行鋪比
翻騰處似舒鐵雲；七絕則龔定庵。取徑實不甚高，語工而
格卑；儉氣尚存，每成俗豔。尹師魯論王勝之文曰：「贍而
不流」；公度其不免於流者乎。大膽爲文處，亦無以過其鄉
宋芷灣。

——《談藝錄》第三則王靜安詩（第 24 頁）

趙閒閒《滏水集》卷十九《與李孟英書》曰：「少陵知
詩之爲詩，未知不詩之爲詩，及昌黎以古文渾灝，溢而爲
詩，而古今之變盡。」蓋皆深有識於文章演變之原，而世
人忽焉。今之師宿，解道黃公度，以爲其詩能推陳出新；
《人境廬詩鈔・自序》不云乎：「用古文伸縮離合之法以入
詩。」寧非昌黎至巢經巢以文爲詩之意耶。

——《談藝錄》第四則「詩文遞變」

**關於宋以後的以文爲詩的發展，這是一個眾多研究者都忽略了
的問題。**

從韓愈到歐、梅、蘇，再到桐城派、錢載、黃遵憲，一定時代的
文學形式總是由種種因素影響下塑造而成的，上述諸詩人以文爲詩的
句法之學已不是指前人「月鍛季煉」式的單句，而是與整篇詩歌內在
的語流節奏和意義脈絡都密切相關，是在傳情達意間有章法可循的典
型化的句子和句群。各文體之間的這種自覺不自覺地相互靠攏，源於
詩文之間並沒有不可逾越的鴻溝。詩歌發展到頂峰後，只有借鑒「格
律的對立物」——散文，才有新出路。

第二章　宋詩流派與作家研究

第一節　錢鍾書與江湖詩派研究

　　近幾十年來，江湖詩派的研究一直處於一種不冷不熱的狀態，這也是多年來南宋詩歌研究狀況的一個縮影。對於已有的江湖詩派的研究成果，本節不一一作回顧與評價，一些重要的成果，將在行文中提及。本文主要談目前研究中尙存在的問題，以及錢鍾書的一些關於江湖詩派的論述對於解決這些問題的意義。

　　江湖詩派研究目前尙存在的問題大體可歸爲兩大塊：一、江湖詩派的界定問題。二、江湖詩派詩歌本體研究的缺失問題。

　　江湖詩派的界定是個根本性問題。目前學界爭論頗多的「詩派的成員的判斷」、「詩派形成與存在的時間」、「四靈與江湖詩派的關係」等問題，歸根到底，都與我們對江湖詩派的界定模糊有關。而一系列關於《江湖》諸集的考訂文章，實際上也是江湖詩派界定問題的一部分，因爲目前學術界普遍的看法是將是否有詩收入《江湖》諸集作爲鑒定江湖詩派成員的重要的判斷標準之一。

　　詩歌本體研究的缺失問題。從詩派的具體成員來說，名家以戴復古爲例，有關他的身世、交遊、師承甚至籍貫等問題（作家研究）的考訂文章佔了總的論文的多數；而戴的作品研究中又以詩集版本、詩

歌輯佚佔了多數，真正涉及戴詩本體研究的論文少之又少。從詩派的整個作家群來說，對如趙汝鐩、高翥、羅與之、許棐、利登、葉紹翁等小家研究相當薄弱，有些甚至找不到相關論文，更談不上詩歌本體研究了。

這兩個問題是密切關聯的，正是由於對眾多小家的研究不足，對詩歌本體研究的缺乏，使得我們無法對江湖派詩歌的整體特色作出一個令人信服的歸納，這自然會影響我們對江湖詩派的客觀界定。隨之而來的就是從文學本身以外的因素來對文學本體作界定、作判斷。如以江湖詩派成員判斷而言，大概念上的模糊，迫使大家更偏重作者的身份地位、作品的收集情況（是否入《江湖》諸集）而非詩歌作品本身所呈現的風格，來判斷某位詩人是否屬於這一詩派。

雖然在《談藝錄》、《宋詩選注》中已有相關的論述，但錢鍾書的江湖詩派研究一直沒有引起大家的注意。最近出版的《錢鍾書手稿集》中更存在著大量的與江湖詩派研究相關的資料。但在出版之前，這些材料一直處於地下狀態；而在出版後，又由於種種原因，也一直沒有得到很好的利用。在業師王水照先生的帶領下，筆者有幸與聶安福、鄧子勉兩位師兄一起負責《手稿集》前三冊的「錢鍾書論宋人詩文集」的整理工作。在此過程中，筆者發現了許多錢先生關於江湖詩派的研究成果。下面筆者就發現的這些資料，談一點不成熟的看法。其有違失，識者正之。

一、問題的出現

《札記》第 452 則（卷二，第 1046 頁）

　　劉過改之《龍洲道人詩集》欲為豪雄，徒得粗獷。《瀛奎律髓》卷二十四評其《送王簡卿歸天台》（集卷五）謂太欠針線者，是也。古體學太白，<u>近體不江西不江湖</u>，自成野調。

《札記》第 494 則（卷二，第 795 頁）

　　劉過《龍洲道人詩集》十卷，前第四百五十二則論《南

宋群賢小集》第十六冊已及。改之詩七古七律五古較爲擅場，氣機壯浪，於江湖遊士詩中差爲別調。

《札記》第438則（卷二，第1002頁）

（《南宋群賢小集》）第八冊：劉仙倫叔擬《招山小集》。粗豪尚氣，似龍洲道人，非江湖亦非江西也。《貴耳集》卷中記當時有二廬陵二劉之號，洵非不倫。

這與我們對江湖派的已有研究結果是相衝突的。張宏生的《江湖詩派研究》（中華書局1995年版）、張瑞君的《南宋江湖派研究》（中國文聯出版社1999年版）是兩部江湖詩派研究的代表性專著，這兩部著作都將劉過作爲江湖詩派的代表性詩人來專節討論。但在上述幾則札記中，錢鍾書反覆指出劉過詩歌「不江西不江湖」、「於江湖遊士詩中差爲別調」，甚至在評論劉仙倫詩歌時，也不忘帶一筆「似龍洲道人，非江湖亦非江西也」。一個詩歌特色上呈現「非江湖」風貌的詩人，能作爲江湖詩派的代表人物嗎？

這是「大人物」，再舉《札記》中論及的幾位「小人物」：

《札記》第438則（卷二，第1002頁）

（《南宋群賢小集》）第八冊：黃文雷希聲《看雲小集》，五七古頗動盪，非江湖體也。

《札記》第446八則（卷二，第1026頁）

（《南宋群賢小集》）第十二冊：敖陶孫器之《臞翁詩集》二卷。純乎江西手法，絕非江湖體，雖與劉後村友（《詩評》自跋云自寫兩紙，其一以遺劉潛夫），卻未濡染晚唐。觀《江湖後集》卷十八《借山谷後山詩編》分明自道宗尚矣（第四百五十三則）。《小石山房叢書》中有宋顧樂《夢曉樓隨筆》一卷，多論宋人詩，有云臞翁雖不屬江西派，深得江西之體，頗爲中肯。

黃文雷、敖陶孫及劉仙倫，都爲張宏生《江湖詩派研究》確定的138位江湖詩派成員，錢鍾書卻認爲他們的詩歌「五七古頗動盪，非江湖體也」、「純乎江西手法，絕非江湖體」、「粗豪尚氣，似龍洲道人，

非江湖亦非江西也」。既然詩歌作品都呈現出非江湖體的特色，那作者能屬江湖詩派嗎？

《札記》第 366 則（卷一，第 586 頁）

　　王邁《臞軒集》十六卷。實之以謹直名，詞章其餘事也。雖出眞西山門，無儒緩嫗煦之態，氣盛言洶，然囂浮乏洗煉，故出語每俗。如卷五《眞西山集後序》「一片赤誠」等句是也。詩亦慷慨流走，<u>乃江湖體中氣勢大而工夫不細者</u>。最推誠齋卻不相似。

《札記》第 420 則（卷二，第 970 頁）

　　蒲壽宬《心泉學詩稿》六卷。卷一有《投後村先生劉尚書》，卷二有《古意答胡葦航》、《送遠曲別葦航》、《送梅峰阮監鎭東歸》，卷四有《和胡竹莊韻》、《寄胡葦航料院》、《友人余兄歸小詩寄胡葦航》、卷五有《再用韻和葦航》，可以考見其吟朋嘯侶，與胡仲弓尤友善。所作<u>近體亦江湖滑薄之體</u>，而筆力開展，頗能自振拔，然未得爲陳宗之所網羅也，聲名寂寞，遂更在二胡下矣。

《札記》第 490 則（卷二，第 791 頁）

　　鄭震叔起《菊山先生清雋集》一卷，只四十首，仇山村選自《菊山倦遊稿》者，亦南宋晚唐體，可入《江湖小集》。

《札記》第 509 則（卷二，第 832 頁）

　　董嗣杲《廬山集》五卷、《英溪集》一卷。亦江湖派，尖薄而未新警。

《札記》第 541 則（卷二，第 912 頁）

　　劉黼《蒙川遺稿》四卷。聲伯雖篤志洛閩之學，時以性理語入詩，至和紫陽《感興》二十首（卷一），然實得法於四靈，《四庫提要》乃云：「其詩亦淳古淡泊，雖限於風會，格律未純，而人品既高，神思自別，下視方回諸人，如鳳凰之翔千仞矣。」蓋蒙然莫辨其爲<u>江湖派之晚唐體</u>也。

《札記》第562則（卷二，第927頁）

　　　　姚勉《雪坡舍人集》五十卷。述之詩為<u>江湖體之近晚</u><u>唐者</u>。

《札記》第587則（卷一，第655頁）

　　　　連文鳳《百正集》三卷，即月泉吟社徵詩第一名之羅公福也。<u>江湖派晚唐體</u>，琢潤而無警策，惟《春日田園雜興》一律（卷中）為佳。

　　王邁、蒲壽宬、鄭震、董嗣杲、劉鼏、姚勉、連文鳳，在張宏生《江湖詩派研究》附錄一《江湖詩派成員考》的138位詩派成員名單中沒有他們的名字，在「不屬江湖詩派成員」的32人名單中也沒有他們的名字；在已有的江湖詩派的著作或論文中，也沒有人提及上述幾位詩人。《札記》或直言「亦江湖派」、「江湖派晚唐體」、或言「可入《江湖小集》」，都傳達這樣一個信息——這六位詩人都與「江湖詩派」有莫大的關係，為何我們已往研究卻將他們集體疏漏了？

　　今人研究與前人研究的矛盾，就這樣呈現在我們面前。如何解釋，問題又出現在什麼地方？

二、江湖體

　　問題的解決還得從源頭入手。詩派成員判斷上的爭執，還是源於江湖詩派的自身界定的模糊。據現有的資料，最早明確提出「江湖詩派」這一說法的應該是《詩家鼎臠》的「小序」。

　　　　宋季江湖詩派以尤、楊、范、陸為大家，茲選均不及，稍推服紫芝、石屏、後村、儀卿，其餘人各一二詩止，陋矣。疆事日蹙，如處漏舟，里巷之儒猶刊詩卷相傳誦。且諸人姓名，有他書別無可考、獨見之此編者，存以徵晚宋故實也。倦叟。〔註1〕

　　《詩家鼎臠》二卷，不著選輯人姓名，四庫館臣以為「其書乃宋末人所錄南渡諸家之詩」，又云：「卷首有小序，署曰倦叟，亦無姓氏。

──────────

〔註1〕　《詩家鼎臠》，影印文淵閣《四庫全書》本，第2葉下。

案：倦圃爲曹溶別號，此序當即爲溶所題。」（《詩家鼎臠提要》）曹溶是清初人，卒於康熙二十四年。小序的作者「倦叟」是否爲曹溶有待進一步考證，但從「宋季江湖詩派」的說法看，「倦叟」爲宋以後人應該是可以肯定的。在「倦叟」提出「江湖詩派」這一概念後，四庫館臣始大量地使用。〔註2〕

可以說「江湖詩派」是個「後視性」概念，即後人對這段存在過的詩歌歷史做出敘述時提出的概念。與宋代另一詩派江西詩派相比較，江湖詩派沒有明確的宗派成員，也沒有提出明確的詩歌主張。作爲南宋後期眞實存在過的一個詩歌流派，它的複雜與流變，超出我們的想像。筆者以爲，要對江湖詩派作出一科學的界定、客觀的描述，離不開兩個因素，一是人，一是詩，換句話說就是要做到作家研究與作品研究的緊密結合，這是將江湖詩派研究深入進行下去的唯一可選擇的路徑。

作家研究中，我們已經認識到：「江湖詩人」、「《江湖》諸集收錄的詩人」與「江湖派詩人」三個概念有著密切的關聯，但絕對不能完全等同。以往對江湖詩派的界定中，將這三概念交叉、混合使用的現象屢見不鮮，造成了一些不必要的麻煩。關於這一點，張繼定的《論南宋江湖派的形成和界定》（載《浙江師大學報》1994年第一期）已經有清晰的闡述，可參看，本文不相加討論。劉過的例子就是混淆了「江湖詩人」與「江湖派詩人」的概念。

作品研究中，現存最大的問題就是我們往往偏重詩歌作品的收錄考察，輕詩歌作品的文本分析與解讀，誇大了《江湖》諸集在詩派界定與成員判斷中的作用。

《江湖》諸集對江湖詩派的界定有重要意義，但不是決定性的。如果將其作爲判斷的唯一標準，就混淆了「《江湖》諸集收錄

〔註2〕如《四庫全書總目》卷一百五十五的《溪堂集》、卷一六二的《方泉集》、卷一六四的《西塍集》等都提到「江湖派」或「江湖詩派」；而《西巖集》、《唐詩品匯》、《極玄集》的《提要》中也多次出現「江湖詩派」或「江湖派」。

的詩人」與「江湖派詩人」這兩個概念，最著名的例子是梁昆的《宋詩派別論》。梁將四庫本《江湖小集》和《江湖後集》所載 109 位詩人，統統列為江湖詩派成員。這一做法，已得到當代眾多學者的修正。

但在實際的研究中，江湖詩派的詩歌本體研究的缺失，使得我們對江湖派詩歌到底呈現哪些特色，在其發展進程中又有哪些變化，還遠未描述清楚。這種模糊，導致研究者在遇到具體的成員判斷問題時，往往迴避從作品的風格入手，而選擇比較「硬性」的標準──作品入選情況來做判斷。這樣還是無法擺脫對《江湖》諸集的依賴。如張宏生《江湖詩派研究》（第 271 頁）附錄一的《江湖詩派成員考》就明確的說「據目前所知，殘本《永樂大典》中保存著九種江湖詩集，明清人的影、抄、刊本江湖詩集，也有十一種以上……在沒有其他材料的情況下，這些江湖詩集，連同當時一些筆記、詩話、書目中的記載，就成為我們確定江湖詩派成員的原始依據。」這與梁昆的只據《江湖小集》和《江湖後集》相比，似乎是進了很大一步。而且研究者也認識到「收入諸江湖詩集中的詩人，不一定就是江湖詩派成員」，剔出了一些詩人。但這似乎忽視了問題的另一方面──未收入江湖諸集中的詩人，就一定不是江湖詩派成員嗎？

這樣，像王邁、蒲壽宬、鄭震、董嗣杲、劉黻、姚勉、連文鳳等作品沒有入選《江湖》諸集的作家，自然是不會進入研究範圍的。

從這意義上說，錢鍾書提出的「江湖體」這一詩歌本體概念，意義就顯得尤為重大。它使得我們從對《江湖》諸集的依賴性中擺脫出來，回歸到對詩歌流派自身風格特徵的判斷上來。它提醒我們回到對詩歌作品本身的注意，這正是我們當前研究界的薄弱環節。在方法論上，它提醒我們從偏於作家研究回歸作品研究，從作品收錄轉向作品分析，從求證走向解析。

例如在歸屬問題上爭論較多的方岳，張瑞君的《南宋江湖詩派研究》認為把他說成江湖詩人可以，但不應該歸於江湖派，理由是方

岳很少與江湖派的其他成員來往唱酬，方岳的詩不見於《江湖前、後、續集》及其他與江湖派有關的詩集；而張宏生的《江湖詩派研究》則主張列入，並且作爲江湖派的後期代表人物專節論述，但對於方岳沒有作品入選《江湖》諸集的問題，他在附加的五條判斷標準安排了一條「傳統看法」。

我們來看一下錢鍾書的判斷：

《札記》第252則（卷一，第410頁）

方岳《秋崖先生小稿》三十八卷。巨山爲江湖體詩人後勁，仕宦最達，同時名輩，惟戴石屏姓字掛集中……蓋放翁、誠齋、石湖既歿，大雅不作，易爲雄伯，餘子紛紛，要無以易後村、石屏、巨山者矣。三人中後村才最大，學最博；石屏腹笥雖儉，而富於性靈，頗能白戰；巨山寫景言情，心眼猶人，唯以組織故事成語見長，略近後村而遜其圓潤，蓋移作四六法作詩者，好使語助，亦緣是也。

在這一則中錢鍾書沒有拘泥於方岳詩集是否入《江湖》諸集，而是直接從方岳詩歌風格入手，直言「巨山爲江湖體詩人後勁」，同時將方岳與江湖詩派的劉克莊、戴復古作了簡要的詩風比較，並推他們三人是繼陸游、楊萬里、范成大後的三大家。並且指出方岳與劉克莊存在著詩歌創作上的相似之處：「以組織故事成語見長，略近後村而遜其圓潤。」

隨後在徵引、剖析了方岳詩學近人的七個例證後〔註3〕，錢鍾書

〔註3〕分別是卷三《春思》「小立佇詩風滿袖，一雙睡鴨占春閒」本之簡齋《尋詩》；《道中即事》云：「喚作詩人看得未，兩抬笠雪一肩輿」本之放翁《劍門道中遇雨》；《農謠》云：「池塘水滿蛙成市，門巷春深燕作家」本之後山《春懷示鄰里》；卷七《聞雪》：「黃塵沒馬長安道，殘酒初醒雪打窗。客子慣眠蘆葦岸，夢成孤槳泊寒江」，本之山谷《六月十七日晝寢》；卷十五《感懷》之九云：「竹夫人爽夜當直，木上座臏新給扶」本之孫仲益《小詩謝宜黃尉李集義》；卷十六《以越箋與三四弟》：「過門盡是陳驚座，得句今誰趙倚樓」本之陳鄂父《端午洪積仁召客口占戲柬薛仲藏》；卷十七《次韻陳料院》之二云：「往來屑屑無家燕，去住匆匆旦過僧」，本之放翁《病中簡忠彌等》；卷

論述到：

> 拈此六七例以概其餘，亦徵江湖詩派之淵源不遠，蓄積不厚矣。方虛谷《瀛奎律髓》卷二十七選《詠楊梅》一首，尊之曰：「吾家秋崖先生，其詩不江湖不江西，自爲一家云。」蓋迴護掩飾之詞也。

　　劉克莊作爲江湖詩派的領軍人物，這是得到大家公認的，而方岳詩風與劉克莊詩風有其相似性，除了上述的以組織故事成語見長外，「淵源不遠，蓄積不厚」也是一個通病，《宋詩選注‧劉克莊小傳》中錢鍾書就指出劉克莊「作詩備料」的毛病。〔註4〕最後錢鍾書指出方回在《瀛奎律髓》中「吾家秋崖先生，其詩不江湖不江西」的說法是「迴護掩飾之詞」，進一步肯定了方岳的江湖體詩風。

　　當然，我們已經提到，詩派成員的判定得結合作品與作家兩因素。「江湖體」（作品因素）是必要條件，如劉過、劉仙倫、黃文雷等人沒有滿足這一必要條件，理應被剔出江湖詩派行列；而「江湖體」也非判斷的充分條件，上面提到的那些「江湖體」詩人，是否歸屬「江湖詩派」，還得考察作家的身份、交遊等情況。在方岳這個例子上，錢鍾書也提到了「仕宦最達，同時名輩，惟戴石屏姓字掛集中」，從他的身份、交遊看，是否歸屬「江湖詩派」，還是有待進一步討論的。

　　從方岳這個例子，錢鍾書爲我們研究江湖詩派提供了一種新思路。他提出的「江湖體」這個依據更具文學意味，更注重文學分析，有助於我們擺脫單純依靠作品是否收入《江湖集》作爲判斷的唯一標準。

　　十九《春日雜興》之十三云：「先後筍爭滕薛長，東西鷗背晉齊盟」本之《誠齋集》卷六之《看筍》。

〔註4〕　「我們知道劉克莊瞧不起《初學記》這種類書，不知道他原來採用了《初學記》的辦法，下了比江西派祖師黃庭堅還要碎密的『帖括』和『餖飣』的工夫，事先把搜集的古典成語分門別類做好了些對偶，題目一到手就馬上拼湊成篇……因此爲了對聯，非備料不可。」（《宋詩選注》，三聯書店，2002年版，第405頁。）

　　以上是《札記》中的一些關於詩派成員判斷的問題，以及江湖體概念的問題。下面我們再看一下錢鍾書對江湖詩派的論述與分析，這有助於我們更全面、更真實地理解「江湖體」。

三、江湖派與江西後派的關係

　　《札記》第 453 則（卷一，第 705 頁）

　　　　（《南宋群賢小集》）第二十八冊：趙師秀紫芝《清苑齋集》，雖仍苦拘露，四靈中推巨擘矣，方虛谷之言是也（見《律髓》卷四十七《桃花寺》批，又卷四十八《一真姑》批）。然以江西與江湖、四靈與二泉分茅設蕝，一若矛盾水火者，卻非情實。虛谷甚推曾茶山，而當時稱茶山者有趙庚夫仲白，則四靈同聲也（參觀《律髓》卷十四，又《梅磵詩話》）。江湖派集中多與二泉唱酬，二泉所作亦不主江西手法，澗泉尤為江湖體（集中與水心、四靈、鞏仲至唱酬甚多，卷八《昌父題徐仙民詩集因和韻兩首》其一云：「眇眇三靈見，蕭蕭一葉知。」自注謂靈芝、靈淵、靈舒及水心也。卷十四有《江湖集錢塘刊近人詩》七律一首）。紫芝即有《敬謝章泉趙昌甫二十韻》、《訪韓仲止不遇題澗上》、《寄趙昌父》、《貴溪夜泊寄趙昌父》諸作。《芳蘭軒集·題信州趙昌甫林居》且明曰：「譜接江西派，聲名過浙間。」

　　　　（行間注）《水心集》卷六《和答徐斯遠兼簡趙昌甫韓仲止》七古、卷七《送周明叔王成叟並上昌甫仲止二兄》五古、卷八《次韻韓仲止》七律、卷十二《徐斯遠文集序》：「斯遠與趙昌甫、韓仲止扶植遺緒。」《石屏集》卷一《章泉二老歌》、《寄章泉先生趙昌父》、卷二《寄韓仲止》（何以澗泉號，取其清又清）、《玉山章泉》（姓自章而立，名因趙以傳）、《別章泉定庵二老人》、卷四《哭澗泉》。《後村大全集》卷一《寄趙昌父》、《寄韓仲止》兩七律。

　　歷來研究南宋詩歌史，都以江西、江湖兩派並稱，且多著眼於兩

派各自的發展過程，而較少注意到兩派之間的關係。其實，在文學發展的過程中，各個不同流派的作家在創作方面相互間仍然有著聯繫和影響，藝術上也是有著相互排斥又相互吸引，這是複雜而具體存在的現象。這種論點對理解宋詩各種流派的形成、發展中所出現許多問題，也是適用的。《宋詩選注・徐璣小傳》中有一段話論述江湖派與江西派關係：「江湖派反對江西派運用古典成語、『資書以爲詩』，就要儘量白描、『捐書以爲詩』，『以不用事爲第一格』，江西派自稱師法杜甫，江湖派就拋棄杜甫，抬出晚唐詩人來對抗。」

　　這一段話，在以往研究中引起過頗多的爭議。現在，結合《札記》看來，錢鍾書對江湖、江西的認識是很全面的。他既看到了江湖派在開創時期對江西派詩歌創作上的反思：「反對江西派運用古典成語、『資書以爲詩』」；也注意到了兩派之間的相互吸引。以尊茶山爲例，既有方回也有趙庚夫。從交往來看，江西後派的代表人物「二泉」與江湖派的交流還是比較密切的，既有江湖派前期代表人物四靈，也有江湖派後期中堅力量劉克莊與戴復古，錢鍾書在上面列舉的大量唱和之作即是有力的證明。從創作上說，江西派也受到了江湖派的影響，除了上面的「二泉所作亦不主江西手法，澗泉尤爲江湖體」，此外還有裘萬頃：

《札記》第265則（卷一，第447頁）

　　裘萬頃《竹齋詩集》三卷、附錄一卷。朱竹垞、宋牧仲等序皆以元量江西人而不作江西派詩爲言……不知南宋中葉以後，章貢間作者每不樂土風，誠齋、白石是其顯例。與高菊磵、宋伯仁等唱和，已是江湖體而仍有江西句法也。元量詞致疏爽，非江西之襞積，然格調椎枒，仍時露江西句法也。陳元晉《漁墅類稿》卷五《跋裘元量〈竹齋漫存詩〉》云：「某生晚，不及識竹齋裘公。嘗見章泉老先生言公之詩氣和韻遠，當入江西後派」云云。

　　從江西人裘萬頃身上，我們可以看到江西、江湖兩派的融合與相互吸引。一方面裘萬頃的詩歌「詞致疏爽，非江西之襞積」，雖「不

樂土風」，但「格調槎枒，仍時露江西句法也」，所以趙章泉以爲裘萬
頃詩「氣和韻遠，當入江西後派」；另一方面裘萬頃與江湖派的高翥、
宋伯仁卻有著唱和，而且他的唱和詩已不知不覺染上了江湖風味，已
是「江湖體」。

　　這一現象也同樣發生在江湖詩派成員身上。以戴復古爲例，「他
活到八十多歲，是江湖派裏的名家。作品受了『四靈』提倡的晚唐詩
的影響，後來又摻雜了些江西派的風格；他有首《自嘲》的詞說：『賈
島形模原自瘦，杜陵言語不妨村。』賈島是江湖派所謂的『二妙』的
一『妙』，杜甫是江西派所謂『一祖三宗』的一『祖』，表示他的調停
那兩個流派的企圖。」（《宋詩選注·戴復古小傳》）

　　江湖派與江西詩派的這種微妙的關係的探析，也許有助於我們
認識江湖派的詩風。

　　《札記》第 346 則（卷一，第 554 頁）

　　　　南宋江湖派詩，蓋出入於晚唐、江西二派之間，然不
　　無偏至，秋崖則偏於江西，後村則偏於晚唐。

　　這是對江湖詩風的高度概括，據此，錢鍾書將江湖詩風大致劃
分爲兩類，各舉三例：

近晚唐者：

　　《札記》第 584 則（卷一，第 646 頁）

　　　　戴復古《石屏詩集》十卷，弘治時馬金汝礪編本。
　　石屏詩亦江湖派詩中之近晚唐體者，特才情較富，於
　　小家中卓爲雄長，終苦根據淺薄。《瀛奎律髓》卷二十數斥
　　其輕俗，是也。然言：「高處頗亦清健，不至如高九萬之純
　　乎俗」，則未爲公允。菊磵有脆辣處，鮮爽醒心。石屏較爲
　　甜熟，且有儉鄙氣，七絕尤無一可採。

　　《札記》第 438 則（卷二，第 1001 頁）

　　　　張弋彥發《秋江煙草》，與趙紫芝最善，刻意守二妙四
　　靈家法者，如《江樓飲客》云：「老菜羹遲熟，凍油燈屢

昏。」《移菊》：「稍覺微根損，須遲數日開。」皆寒瘦語，惜未臻深微耳。

《札記》第438則（卷二，第1001頁）

張至龍季靈《雪林刪餘》，亦姚、賈體，心思頗鐫刻，易成纖佻。

近江西者：

《札記》第530則（卷二，第881頁）

蕭立之斯立《蕭冰崖詩集拾遺》三卷。謝疊山跋謂江西詩派有二泉及澗谷，澗谷知冰崖之詩。夫趙、韓、羅三人已不守江西密栗之體，傍江湖疏野之格，冰崖雖失之獷狠狹仄，而筆力峭拔，思路新闢，在二泉、澗谷之上。顧究其風調，則亦江湖派之近江西者耳。

《札記》第438則（卷二，第996頁）

（《南宋群賢小集》）第一冊：危稹逢吉《巽齋小集》，已參江西派，古詩頗老健，近體寒薄。

《札記》第438則（卷二，第1000頁）

陳鑑之剛父《東齋小集》，較典重，稍參江西法者。觀其《題陳景說詩稿》第一首，足見不以晚唐自域矣。

江湖詩派一向被認為是「親四靈」，「反江西」的，江湖詩派中詩學晚唐的現象是不會引人異議。而當我們認識到江湖、江西複雜的關係後，江湖詩派中出現詩風近江西者也就不足為怪了。

四、江湖派好作理學語

《札記》第302則（卷一，第508頁）

陳杰《自堂存稿》四卷。

好於近體詩中作理學語（如卷二《題濂溪畫像》云：「翠葉紅蓮地，光風霽月天。幾神千載悟，紙上更須圈。」《和葉宋英》云：「風葉靜千林，歸根深復深。江山皆本色，天地見初心。」《歸夢》云：「人事擾多智，天機行不言。」《天

人》云：「聖賢惟任道，兩不繫天人。」《醉鄉》云：「酒亦有何好，離人而趣天。」卷三《攜碧香酒賞紅白桃因觀江派》云：「言之淺矣乾坤大，逝者如斯晝夜滔。」《惡講義不遜者》全首、《天命》全首、《窮居》云：「幸生朱鷺相鳴後，猶憶羲文未露前。」山谷雖偶有此類句，江西社中人只作禪語，放翁則喜爲之，江湖派遂成習氣。

（行間注）《劉後村大全集》卷一百一十一《吳恕齋詩稿跋》謂「近世貴理學而賤詩，間有篇詠，率是語錄講義之押韻者耳。」（卷九十四《竹溪詩序》云：「皆經義策論之有韻者爾，非詩也。」）渾忘專驚吟詠者亦每作此體也。

《札記》第 453 則（卷一，第 712 頁）

（《南宋群賢小集》第四十冊）卷二十四陳起宗之《夜聽誦太極西銘》：「六經宇宙包無際，消得斯文一貫穿。萬水混茫潮約海，三辰煥爛斗分天。鳶魚察理河洛後，金玉追章秦漢前。遙夜並聽仍暗昧，奎明誰敢第三篇。」

按，紀文達《瀛奎律髓刊誤序》斥方虛谷論詩三弊，其二曰「攀附洛閩道學」，誠中其病。然此乃南宋末年風氣，不獨虛谷爲然，江湖派中人亦復如是，芸居此詩其一例也。

《札記》第 464 則（卷一，第 730 頁）

衛宗武《秋聲集》六卷。淇父華亭人，宋之遺老，卷二有《和家則堂韻》七古一首，即家鉉翁也。詩亦沿南宋江湖體，頗纖滑，時以理學語摻入（捨卷一《理學》、《贈潘天遊》等五古外，如同卷《錢竹深招泛西湖值雨即事》云：「煙靄渺無際，宛類太極初。」《賦南墅竹》云：「有體兼有用，迥異凡草木。」卷四《春日》云：「化工溥至仁，生機運不停。」《望齋》云：「重明麗乎正，萬象生輝光。」正復當時結習（參觀第四百五十三則）。）

《札記》第 438 則（卷二，第 996 頁）

（《南宋群賢小集》）第一冊：羅與之與甫《雪坡小稿》

二卷，好以七律爲理語，如卷二之《動後》、《文到》、《衛
生》、《談道》、《默坐》、《此悟》諸首，皆《擊壤集》體之
修飭者。

《札記》第346則（卷一，第554頁）

吳龍翰《古梅吟稿》六卷。

式賢奉劉、方爲師……而所作以濡染晚唐處爲多，卻
無新秀語可採，多襲本朝人詞意。《四庫提要》謂其好言金
丹爐火，未及其好攀附道學。如卷二《天目道中》之「山
色儼如嚴父面」，即道學作怪，不特同卷《讀先曾大父遺文》
之「道參太極本無極，易論先天與後天」而已。

　　學界提出了對江湖詩派的研究要放在一定歷史時期的社會、文化
的大環境下去進行，去體認，也作了許多工作，如張宏生關於江湖詩
人行謁的分類考析就是很好的嘗試。而《札記》中提到的「江湖詩派
與理學」，這是一個新的話題。詩歌中作理學語，「山谷雖偶有此類
句，江西社中人只作禪語，放翁則喜爲之，江湖派遂成習氣。」爲什
麼會形成這種習氣，這種習氣對詩歌創作的影響如何？從上面列舉的
詩人來看，江湖派中的詩人好作理語的不在少數。看來，我們的江湖
詩派研究還有很長的路要走。

　　以上是閱讀《札記》過程中發現的一些問題。此外，與江湖詩派
有關的各則筆記中，錢鍾書還作了許多其他的工作。比如有關江湖派
詩歌的緝補考辨；比如摘錄了許多藝術上有特色的詩篇或詩句，數量
遠遠超過《宋詩選注》中的相關部分〔註5〕。這些詩歌本體的研究也
許更值得我們關注。

〔註5〕香港版《宋詩選注》的前言中，錢先生說：「它（指《宋詩選注》）
　　　既沒有鮮明地反映當時學術界的『正確』指導思想，也不夾朗地顯
　　　露我個人在詩歌裏的衷心嗜好。……由於種種原因，我以爲可選的
　　　詩往往不能選進去，而我以爲不必選的詩倒選進去了。」《札記》中
　　　就有大量他以爲可選卻不能選進去的那類詩歌，這才應該是他「嗜
　　　好」的眞實顯露。對於這些詩歌的研究，也許更有助於探究錢先生
　　　的宋詩觀。

第二節　「宋調形成期的『另類』詩風」——錢鍾書論張耒詩

　　初讀《宋詩選注》，頗詫異於張耒入選詩歌的數量——8 題 10 首，在北宋詩人中僅次於蘇軾（21 首），追平王安石（10 首），超過了歐陽修（6 首）、梅堯臣（7 首），也超過了黃庭堅（5 首）、陳師道（5 首）。暗自揣測是否因爲張耒的詩「富於關懷人民的內容」（《宋詩選注·張耒小傳》）？《容安館札記》第 598 則（卷一，第 683 頁）是錢鍾書讀張耒詩文集的筆記，它給了我部分答案。此則由聶安福師兄整理，現附錄於後。本章的論述主要以《札記》爲基礎，結合《談藝錄》〔註6〕、《宋詩選注》的相關內容，來探討錢鍾書對張耒詩的批評，以及這些批評對於我們今日進行張耒研究的意義。

一、宋調形成期的「另類」詩風

　　關於張耒詩歌的特色，《談藝錄》第五一則「七律杜樣」中論及張耒七律，以爲文潛七律在蘇門諸子中「最格寬語秀，有唐人風。」而《宋詩選注》的張耒小傳中指出「他的作品……風格也最不做作妝飾，很平易舒坦，南北宋的詩人都注意到他這一點。」《容安館札記》第 598 則（卷一，第 683 頁）的論述更爲全面完整，我們一起來看一下：

> 　　文潛詩舒和坦衍，不用典藻，獨饒情韻，與蘇門諸君之矜氣骨鍊詞句者大異，故格不高，律不精，而靡淺率懈之中時出流麗挺秀，以白戰制勝。《雞肋集》卷十八《題文潛詩冊後》云：「君詩容易不著意，忽似春風開百花。上苑離宮曾絕豔，野牆荒徑故幽葩。愜心勦羹非雜俎，垂世江

〔註6〕《談藝錄》作爲錢鍾書的早期詩歌論著沒有專章論張耒詩，但是在以下幾章涉及到了張耒的詩：第一則「詩分唐宋」，「宋之柯山、白石、九僧、四靈」是宋人有唐音的代表人物。第二六則「趙松雪詩」論及近體詩重言問題時，提到宋元名家惟張文潛《柯山集》中七律最多此病，且有韻腳復出。第五一則「七律杜樣」中論及張耒七律，以爲文潛七律在蘇門諸子中最格寬語秀，有唐人風。

河自一家。頭白昏昏醉眠處，憶君頻夜夢天涯。」頗能形容。楊誠齋亦言「肥仙詩自然」者是也（《誠齋集》卷四十《讀張文潛詩》：「晚愛肥仙詩自然，何曾繡繪更雕鐫。春花秋月冬冰雪，不聽陳玄只聽天。」「山谷前頭敢說詩，絕稱漱酒掃花詞。後來全集教渠見，別有天珍渠得知」）。才情遠在秦晁之上，七言古近體尤擅長，古體每上接張王樂府，近體每上接香山而下開劍南，然獨到處較二家蒼潤含蓄。

這一段短評是錢鍾書對張耒詩歌藝術的判斷高度概括，這其中涉及幾個問題：第一，從詩歌藝術成就上，錢鍾書認爲張耒詩歌成就遠遠超過秦（觀）、晁（補之），其原因不在於所謂的作品的人民性，而是「才情」。所以，入選《宋詩選注》的詩歌數量遠遠超過秦、晁兩人。第二，錢鍾書認爲張耒的詩歌成就主要在七言上，這從《札記》中錄詩與《宋詩選注》的選詩情況可以清楚地看出這一點。〔註7〕第三：從詩歌發展上，認爲七言古體上接張王樂府，七言近體上接香山而下開劍南，而且有其自身的特色——「蒼潤含蓄」——這與我們對張耒詩歌一般的評價差距較大。第四：認爲張耒的詩歌最大特色是「自然」。

《札記》中引用的晁、楊兩詩在《宋詩選注》中再次得到了應用，只是簡化爲「君詩容易不著意，忽似春風開百花」、「晚愛肥仙詩自然，何曾繡繪更雕鐫」兩聯，更爲醒目。晁詩中的「容易」不當作我們平日語解，而應該參看王應麟《困學紀聞》卷十七中提到的：「秦少游、張文潛學於東坡，東坡以爲『秦得吾工、張得吾易』」的「易」，所謂「以白戰制勝」。楊萬里詩中的「自然」也許是個更好的批評用語。論宋詩者一般將元祐時期看作是宋詩典型風格的定型期，元祐詩壇的盟主當然是蘇軾，而從對宋詩風格的塑造上來說，黃庭堅的影響也許更大。蘇、黃在詩歌創作上求新、求奇、求變，他們的詩

〔註7〕《宋詩選注》所選張耒詩歌中，七言詩占到了8首。

都是所謂「宋調」的代表。張耒詩歌的「自然」風格的應該是在這一大背景下的「自然」，而不能理解爲一種簡單的淺易平近，更不是想有些研究者所認爲的張耒有時放棄詩歌創作的藝術性。我們結合具體作品來討論這一問題：

> 天光不動晚雲垂，芳草初長襯馬蹄。新月已生飛鳥外，落霞更在夕陽西。花開有客時攜酒，門冷無車出畏泥。修禊洛濱期一醉，天津春浪綠浮堤。
>
> ——《和周廉彥》

這是一首唱和詩，前四句從景入手，春晚，日落月升，過渡到人事，約定出遊，並想像天津橋畔春意之盎然。全詩十分流暢，不用典藻，而又深富情韻。方回的《瀛奎律髓》卷十六選錄了此詩，方回的批語是：「三、四不見著力，自然渾成。」是紀昀的批語是：「何等姿韻！何必定以語含酸餡爲高！」（《瀛奎律髓匯評》卷十五）都肯定這首詩在「自然詩法」上的特色。方、紀的批評還只是停留在表面的欣賞，也就是作爲鑒賞者，感受到了這首詩中的美，但對其中之「美之爲美」，沒有闡明。錢鍾書《札記》則就此詩作了更進一步的探討，在抄錄《和周廉彥》後，錢加了一個很長的按語：

> 按，卷二十三《青桐道中》云：「冥冥煙外鳥飛歸，野老得魚收網回。隔浦斷霞沉欲盡，半彎新月出雲來。」《淮陰晚望》云：「蕭蕭衰柳來時路，嫋嫋危檣西去船。白鳥歸飛夕陽盡，斷霞風約過平川。」此詩三、四句即寫其景。《前賢小集拾遺》載陳棠《晚步》亦云：「棲鴉啼處野煙合，飛鳥去邊孤月生。」又按，《漁隱叢話》後集卷三十三引《復齋漫錄》謂三、四本郎士元《送楊中丞和番詩》之「河陽飛鳥外，雪嶺大荒西」。此皮相之談也。《宛陵集》卷六《中秋新霽壕水初滿自城東偶泛舟回》云：「夕陽鳥外落，新月樹端生。」庶幾近之。無可《送僧歸中條》亦云：「卷經歸鳥外，轉雪過山椒。」亦貌同心異。姚鵠《送友人出塞》云：「入河殘日雕西盡，卷雪驚蓬馬上來。」薛能《許州題德星亭》云：「高樹月生滄海外，遠郊山在夕陽西。」則頗

類。「雕西」語尤奇。

先是從張耒自己的詩歌《青桐道中》、《淮陰晚望》來談三、四句「新月已生飛鳥外，落霞更在夕陽西」的景，請注意只是「景」的相似——「鳥、霞、新月」與「白鳥、夕陽、斷霞」，相似的「景」也出現在陳棠的《晚步》詩中。

緊接著，錢鍾書又指出《漁隱叢話》後集卷三十三引《復齋漫錄》謂三、四句本郎士元《送楊中丞和番詩》之「河陽飛鳥外，雪嶺大荒西」為皮相之談。認為只有梅堯臣的「夕陽鳥外落，新月樹端生。」庶幾近之。至於是什麼原因，錢鍾書沒有直接在《札記》中指出。

這一點在《宋詩選注》中得到了詳細的說明。《宋詩選注》張耒名下選錄了《和周廉彥》這首詩，並在三四句後加了一個長注：

> 這一聯可以跟梅堯臣《中秋新霽壕水初滿自城東偶泛舟回》的「夕陽鳥外落，新月樹端生」比較。宋人說張耒模仿唐人郎士元《送楊中丞和番詩》的「河陽飛鳥外，雪嶺大荒西」（《漁隱叢話》後集卷三十三引《復齋漫錄》），這話不甚確切。郎士元的一聯跟無可《送僧歸中條》的「卷經歸鳥外，轉雪過山椒」一樣，都是想像地方的遙遠，不是描寫眼前的景物；梅、張的寫法正像岑參《宿東溪王屋李隱者》：「天壇飛鳥邊」，杜甫《船下夔州別王十二判官》：「柔櫓輕鷗外」，姚鵠《送友人出塞》：「入河殘日雕西盡」，以至文徵明《題子畏所畫黃茆小景》：「遙天一線鷗飛剩」等，把一件小事物作為一件大事物的座標，一反通常以大者為主而小者為賓的說法。

通過這一系列的例子的列舉與比較，我們可以看出張耒三四句「新月已生飛鳥外，落霞更在夕陽西」在「自然天成」的背後，還藏著一個審美上的「創新」。當然這個創新，不是通過典故詞藻的運用來達到的，而是通過兩兩比較物「新月」、「飛鳥」、「落霞」、「夕陽」的主、賓的倒換，來打破傳統的敘述方式，從而帶來了新的審美經驗。

因而，此詩在「自然」的背後，蘊含了別樣的美。

　　對於張耒詩歌中的這種「自然美」，前人也已有過總結，《苕溪漁隱叢話》前集卷五一引《呂氏童蒙訓》云：「文潛詩自然奇逸，非他人可及。如『秋明樹外天』、『客燈青映壁，城角冷吟霜』、『淺山寒帶水，旱日白吹風』、『川塢半夜雨，臥冷五更秋』之類迥出時流，雖是天姿，亦學可及。學者若能常玩味此等語，自然有變化處也。」

　　綜上，從上述所引前人的論述，無論是北宋的蘇軾、晁補之，還是南宋的楊萬里，都對張耒的這種自然詩風表示過肯定的欣賞。我們將張耒的這一自然詩風放置回他所處的元祐詩壇再來觀察，其獨特性就顯得更為突出。論宋詩者一般將元祐時期看作是宋詩典型風格的定型期，後期對這一時期的詩歌關注最多的是蘇、黃等帶來變化因素的作家，而對張耒等延續唐風的作家，一向關注甚少，甚至持貶低態度，錢鍾書在《札記》以及《宋詩選注》中對張耒的推重，也許該引起我們的重視了。

二、張耒詩歌創作的師法對象

　　關於張耒詩歌創作的師法對象，目前學界討論較多的是白居易。實際上，做為一位北宋詩歌創作的大家，張耒的師法對象遠遠不限於白居易，當然我們也不否認他對白詩的揣摩與學習，但我們也要看到張耒詩歌創作中的其他因子。在這一點上，錢鍾書已經做了非常細緻的剖析：

（一）張籍

　　《宋詩選注》張耒小傳概言「他受白居易和張籍的影響頗深」，《容安館札記》中則更為具體：「（文潛）才情遠在秦晁之上，七言古近體尤擅長，古體每上接張王樂府」。如入選《宋詩選注》的《勞歌》、《有感》，又如《札記》抄錄而未入《宋詩選注》的《奉先寺》：

　　　　荒涼城南奉先寺，後宮美人棺葬此。角樓相望高起墳，
　　草間柏下多石人。秩卑焚骨不作塚，青石浮屠當丘壟。家

家墳上作享亭，朱門相向無人聲。樹頭土梟作人語，月黑風悲鬼搖樹。宮中養女作子孫，年年犢車來作主。廢後陵園官道側，家破無人掃陵域。官家歲給半千錢，街頭買餅作寒食。

《札記》中錢按《清波雜志》卷四有論此詩，謂可與張文昌《北邙山》相比。

此外，張籍對張耒詩歌創作的影響當不僅僅在詩歌風格上，還在詩歌內容的取材上。《張耒集》多關心民生疾苦之作，他對詩歌的功能的理解，與蘇門其他詩人相比，要來得廣泛的多。張耒認為：「故先王之時，大至於朝廷之政事，廣至於四方之風俗，微至於匹夫賤士之悲嗟、婦人女子之幽怨，一考於詩而知之。」（《上文潞公獻所著詩書》）這應該與張籍的樂府詩的精神是一脈相承的。如《糶官粟有感》、《和晁應之憫農》、《有所歎五首・八盜》等等，不僅僅是停留在對當時社會真實情況的反映上，而且還表現了作者對於這些社會問題的深入思考。也有另類如《輸麥行》：

場頭雨乾場地白，老稚相呼打新麥。半歸倉廩半輸官，免教縣令相催迫。羊頭車子毛布囊，淺泥易涉登前崗。倉頭買券槐陰涼，清嚴官吏兩平量。出倉掉臂呼同伴，旗亭酒美單衣換。半醉扶車歸路涼，月出到家妻具飯。一年從此皆閒日，風雨閉門公事畢。射狐置兔歲蹉跎，百壺社酒相經過。

張竹坡的《竹坡詩話》說：「本朝樂府當以張文潛為第一，文潛樂府刻意文昌，往往過之。頃在南都，見《倉前村民輸麥行》，嘗見其親稿，其後題云：「此篇効張文昌，而語差繁。乃知其喜文昌如此。」並錄有其詩並序，這是眾多張耒文集多未收的，其序云：「余過宋，見倉前村民輸麥，止車槐陰下，其樂洋洋也；晚復過之，則扶車半醉，相招歸矣。感之，因作《輸麥行》，以補樂府之遺。」

首先這首詩是効法張籍的，這是張耒親題詩稿後的；其二，其創作目的是「補樂府之遺」；其三，這首詩超出了一般寫農民生活詩的

陳式，詩中有對賦稅繁重的反映，但更主要的是繳稅後的農民一種自由與快活的情緒的渲染，並且這種情緒傳染給了作者，使得作者生出一絲羨慕之感。這也是一種真實。同時，這也是張籍、王建的樂府詩中所缺乏的內容，所以潘德輿《養一齋詩話》卷五：「其《牧牛兒》、《輸麥行》兩詩，摹寫情態，質而愈文，雖使文昌（張籍）、仲初（王建）為之，寧復過此？」

（二）陶淵明

《札記》指出：卷七《次韻淵明飲酒詩》（《張右史集》卷十），按卷六如《夜初涼》（卷八）、《今旦》（卷十二）、《冬懷》、《感春》、《春日雜詩》、《飛雲》（《張右史集》卷十七）、卷八《三伏暑甚七月八日立秋欣然命酒》（《張右史集》卷十九）、《十月二十二日晚作》（卷十八）諸篇亦學淵明，皆未為工。蘇籀《欒城遺言》云：「張十二病後詩一卷，頗得陶元亮體。」豈謂是耶？

張耒詩學陶淵明，這是前人所未論及的，這也許可以解釋張耒自然詩風形成的部分原因，同時對於陶淵明的接收史研究，又多了張耒這一點。

（三）杜甫

《談藝錄》第五一則「七律杜樣」中第一次談到張耒詩學杜甫：

蘇門諸子中，張文潛七律最格寬語秀，有唐人風。《柯山集》中《遣興次韻和晁應之》先後八首尤苦學少陵；如「清涵星漢光垂地，冷覺魚龍氣近人」、「暗峽風雲秋慘淡，高城河漢夜分明」、「雙闕曉雲連太室，九門晴影動天津」、「山川老去三年淚，官塞秋來萬里愁」；他如《夏日》之「錯落晴山移斗極，陰森暗峽宿風雷」。骨弘暢不類黃陳輩，而近元明人。顧不過刻畫景物，以為偉麗，無蒼茫激楚之致。

《札記》中再次提到了這一問題：文潛七律時為雄闊語，如子由所稱此聯及卷十七《遣興次韻和晁應之》云「清涵星漢光垂地，冷

覺魚龍氣近人」、「水闊魚龍陰後出，山空虎豹夜深聞」，《又遣興次韻和晁應之》云「暗峽風雲秋慘淡，高城河漢夜分明」、「雙闕曉雲連太室，九門晴影動天津」、「山川老去三年淚，關塞秋來萬里愁」，卷十八《福昌雜詠》云「風雲蕭瑟三川夜，星斗縱橫萬壑秋」，卷十九《夏日》云「錯落晴山移斗極，陰森暗峽宿風雷」，皆彷彿明七子體。

在《談藝錄》的基礎上又多了《福昌雜詠》一例，而且進一步說明張耒的學杜皆彷彿明七子體，在《宋詩選注》的張耒小傳中，是這樣論述的「讀他的七言律詩常會起一種感覺，彷彿沒有嘗到陸游七律的味道，卻已經老早聞著它的『香氣』，有一小部分模仿杜甫的語氣雄闊的七律，又好像替明代的前後七子先透了個消息。」這是講七律學杜甫的，此外，我們還可以看看張耒的古體詩中對杜甫的學習：

> 扁舟發孤城，揮手謝送者。山回地勢卷，天豁江面瀉。
> 中流望赤壁，石腳插水下。昏昏煙霧嶺，歷歷漁樵舍。居
> 夷實三載，鄰里通假借。別之豈無情，老淚爲一灑。篙工
> 起鳴鼓，輕櫓健於馬。聊爲過江宿，寂寂樊山夜。
>
> ——《離黃州》

《札記》在選錄這首詩後，附按語：「淡而斂，一變平日鋪衍之習，遂成高格老筆。」而《容齋隨筆》卷十五云：「何大圭謁文潛，凡三日，見其吟哦老杜《玉華宮》詩不絕口。自謂『平生極力模寫，唯《離黃州》詩稍近』。」

朱弁《曲洧舊聞》卷五載蘇軾嘗語其子蘇過曰：「少游下筆精悍，心所默識而口不能傳者，能以筆傳之。然氣韻雄拔，疏通秀朗，當推文潛。」

此外，錢鍾書還特別提到文潛推頌少陵語，詳見《拾遺》卷二《讀杜集》有云：「他人守一巧，爲豆不能簠。君獨備飛奔，捷蹄兼駿羽。」

「氣韻雄拔」，從張籍、王建、白居易的詩歌中是學不到的，唯一的解釋是文前對杜詩的揣摩學習。正是通過對杜甫、白居易、王建、張籍以及陶淵明等前輩詩人的學習，張耒形成了自己的獨特詩風：「舒和坦衍，不用典藻，獨饒情韻」，雖然「格不高，律不精」，但「靡淺率懈之中時出流麗挺秀，以白戰制勝」。

三、從歷代選詩看《宋詩選注》對張耒詩的標舉意義

詩歌選本中對作家的取捨，以及選取數量的多寡，內容與體裁的分布均代表了選家及所處的時代對該作家的接受狀況。從上述的兩個選本的選錄情況看，張耒的詩在南宋還是非常受歡迎的，這與我們的直觀印象與一些差距。這是靜態的觀察，從動態而言，同一作家在歷代不同時期的接受效果會截然不同。這些多是我們探索時代文藝風習和審美趣味的一個切入點。

下面以歷代選本對張耒詩的選錄為參照，來觀察錢鍾書對張耒詩的選錄。為清楚直觀起見，先將各選本所錄張耒詩的題目列表如下。對於入選兩本以上的詩歌以黑體著重標注。

《宋文鑑》選張耒詩 28 首

樂府歌行 5 首

《勞歌》、《江南曲》、《牧牛兒》、《孫彥古畫風雨山水歌》、《於湖曲》

五言古詩 10 首

《寄楊道孚》、《旦起》、《夏日雜感》（士而懷其居）、《春日雜書》（昨日為雨偹）、《感遇》、《昭陵六馬》、《班竹》、《寓陳詩》、《糶官粟有感》、《賀雨拜表》

七言古詩 6 首

《寒夜》、《謁客》、《有感》、《比鄰賣餅兒每五更未旦即繞街呼賣雖大寒烈風不廢而時略不少差因為作詩且有所警示秸秸》、《奉先

寺》、《美哉》

五言律詩 5 首

《種圃》、《近清明》《晨興》、《都梁亭下》、《舟中曉思》

七言律詩 2 首

《夏日》二首（長夏村居風日清、棗徑瓜畦經雨涼）

《瀛奎律髓》選張耒詩 74 首

卷三《永寧遣興》（五律）

卷六《送推官王永年致仕還鄉》、《和即事》、《和范三登淮亭》（七律）

卷七《次韻張公遠二首》（七律）

卷八《次韻盛居中夜飲》、《同周楚望飲花園》（七律）

卷十《暮春遊柯市人家》（五律）、《暮春》、《春日遣興》（七律）

卷十一《和應之盛夏》、《夏日》（細徑依原僻）、《夏日》（蚓壤排晴圃）（以上為五律）《夏日雜興》（牆下溪流清且長）、《夏日三首》、《和晁應之大暑書事》、《夏日雜興》（蔬圃茅齋三畝餘）（以上為七律）

卷十三《歲暮書事》（五律）

卷十四《晨起》（五律）

卷十五《和西齋》、《冬夜》（五律）**《和周廉彥》**、《夜泊》（七律）

卷十六《冬至後》（五律）、《臘日二首》（七律）、《上元思京輦舊遊三首》（七律）、《寒食贈遊客》（七律）、《次韻王仲至西池會飲》（七律）

卷十七《雨中二首》（五律）、《和應之細雨》（五律）

卷二十《偶折梅數枝置案上盎中芬然遂開》（五律）《梅花》（北風萬木正蒼蒼）（七律）

卷二十四《北橋送客》、《送楊補之赴鄂州支使》、《送三姊之鄂州》、《送曹子方赴福建運判》（七律）

卷二十五《寒食》《曉意》（七律）

卷二十六《春日》（七律）

卷二十七《和聞鶯》、《雁》（七律）

卷二十八《題裴晉公祠》、《謁太昊祠》（七律）

卷二十九《二十三日立秋夜行泊林裏港》、《發長平》、《正月二十日夢在京師》、《晚泊襄邑》、《柘城道中》、《赴宣城守吳興道中》、《白羊道中》（五律）、《二十三日即事》、《自海至楚途寄馬全玉》〔註8〕、《宿泗州戒壇院》《登城樓》（七律）

卷三十五《竹堂》（七律）

卷三十九《十二月十七日移病家居三首》七律

卷四十二《寄陳鼎》《長句贈邠老》《次韻李德載見寄》（七律）

卷四十三《歲晚有感》（七律）

卷四十四《臥病月餘呈子由二首》、《病肺對雪》《晝臥懷陳三時陳三臥疾》、《喜七兄疾愈》（七律）

卷四十六《少年》（五律）

卷四十七《贈僧介然》（七律）

《宋詩別裁集》錄張耒詩 13 首

《離黃州》（五古）

《出長夏門》（五古）

《離泗州有作》（七古）

《牧牛兒》（七古）

《孫彥古畫風雨山水歌》（七古）

《蕭朝散惠石本韓幹馬圖馬亡後足》（七古）

《建平途次》（五律）

《登海州城樓》（七律）

《夏日三首》（七律）

《和周廉彥》（七律）

〔註 8〕這一首《宋詩選注》沒有選錄，但《札記》摘錄全詩。

《絕句》「亭亭畫舸繫春潭」。〔註9〕

《宋詩精華錄》錄張耒詩 9 首

《出山》（五古）

《夏日三首》錄一首「長夏村墟風日清」（七律）

《二十三日即事》（七律）

《發安化回望黃州山》（七律）

《赴官壽安泛汴》（七律）

《自上元後閒作五首》錄其二（七絕）

《懷金陵二首》（七絕）

《宋詩選注》錄張耒詩 10 首

《感春》二首（五古）

《勞歌》（七古）

《有感》（七古）

《海州道中》二首（七律）

《和周廉彥》（七律）

《夜坐》（七絕）

《初見嵩山》（七絕）

《福昌官舍》（七絕）

　　首先，從入選詩歌的數量上看，宋末元初的方回對張耒的律詩是相當肯定的，入選了 74 首，其中五律 22 首，七律 52 首，這個比例看出方回對張耒詩歌成就較高的七言律的肯定。這與錢鍾書的判斷也是大致相符的。

　　而在清代的幾個選本中，與蘇門的其他詩人相比，張耒的接受情況如下：《宋詩別裁集》選黃庭堅 16 首、陳師道 8 首、秦少游 10 首、晁補之 8 首、張耒 13 首。《近體詩抄》（姚鼐編）選了黃庭堅 25 首、

〔註 9〕　《宋詩選注》亦選此詩，把它歸在鄭文寶名下。

陳師道 4 首、秦少游 1 首、晁補之 1 首,但張耒的詩沒有入選。又如清末民初影響較大的《唐宋詩舉要》(高步瀛編),選黃庭堅 39 首、陳師道 7 首,沒有張、秦、晁的詩入選;《宋詩精華錄》選黃庭堅 39 首、陳師道 26 首、秦觀 6 首、晁補之 4 首、張耒 9 首。

　　從上述選本的入選情況看,對張耒詩歌的接受,呈一逐漸下滑的**趨勢**,也可看出時代對宋型風格詩歌的偏重。錢鍾書的《宋詩選注》則留了更多的空間給張耒,選了張耒 10 首詩,而黃庭堅才 5 首、陳師道 5 首、秦觀 6 首,晁補之則沒有詩入選。這是一個很大的變化,其中的原因可能比較複雜。但在評詩眼光苛刻的錢鍾書手下,張耒能爭取到這麼多的份額,也可見他的詩歌確實有獨到之處。

　　從入選詩歌的內容上講,除《宋文鑑》外,其他各家所選張詩都比較重視其藝術性。《宋詩選注》入選的詩歌中,《感春》(五古)、《勞歌》(七古)、《有感》(七古)、《海州道中》(七律)等「富於關懷人民的內容」達到了六首,與《宋文鑑》相重的就有兩首。這也可以看出這兩個選本所帶有的鮮明的時代性。

　　此外,從體裁看,各選家都重張耒的七言,這與錢鍾書的「七言古近體尤擅長」的判斷是一致的。

　　一個優秀選本的構成是與入選作品緊密相關的。一方面它對歷來選本中所共存的有所繼承,一方面,也更為重要的,是變,是發掘出新作品,打破已有的審美定式。具體聯繫到張耒的詩歌,《和周廉彥》應該是各本所共選的,在《宋詩選注》中得到了承接,而其他的作品則與其他各選本較少雷同,其中不乏值得注意的作品,如《海州道中》第二首:

　　　　秋野蒼蒼秋日黃,黃蒿滿田蒼耳長。草蟲咿咿鳴復咽,一秋雨多水滿轍。渡頭鳴舂村徑斜,悠悠小蝶飛豆花。逃屋無人草滿家,累累秋蔓懸寒瓜。

　　從題材內容看,應該也是反映農村現實生活的作品,但我們與張耒集中其他同樣題材的作品稍作比較就不難發現它在藝術上的

特色。

再如所選三首七言絕句，每一首都很有特點，如《夜坐》：

庭戶無人秋月明，夜霜欲落氣先清。梧桐眞不甘衰謝，數葉迎風尚有聲。

詩人秋夜獨坐，敏銳地感受到了晚上霜降前氣溫的下降，並且把這種感受到的「寒意」用詩的語言傳遞給我們，在這樣一個無人的充滿涼意的秋夜，作者抓住了典型環境中的典型事物——梧桐落葉發出的聲音——來做文章。從整首詩的前部處於一種低沉的氛圍中，而落葉的聲音打破了這種沈寂，一個「尚」字，使得全詩有了一種波動感。當然，如果聯繫這首詩的創作背景看，對詩的後半部分的理解也許會更有幫助。《能改齋漫錄》卷十三云：「文潛以黨人之故坐是廢放，作詩嘗寄意焉，有云：『最憐楊柳身無力，付與春風自在吹。』又云『梧桐』云云，那麼，這個梧桐還有了別樣的色彩。

筆者以爲，《札記》中直接論張耒詩的部分固然重要，但錢鍾書在札記中所錄張耒詩，意義卻來得更大。對於《宋詩選注》的選目，錢鍾書自己也不甚滿意。由於種種原因，他以爲可選的作品沒有能選入《宋詩選注》，認爲不必選的卻入選了。張耒部分的情況怎樣呢？《容安館札記》作爲《宋詩選注》的創作準備，爲我們考察《宋詩選注》提供了不可多得的第一手材料。其次，從《容安館札記》所選評張耒的詩歌與以往宋詩選本相對看，也會有新的發現。

閱讀《容安館札記》張耒部分的第一感受是選錄詩歌數量的龐大，關於這一點，大家瀏覽本節附錄的《札記》即可知。入選《宋詩選注》的 10 首詩歌，如《勞歌》、《有感》等有富於關懷人民性的詩，在《札記》中都能找到，這與其他詩人的較大變化是不同的。這說明入選《宋詩選注》的各首詩在藝術上都沒有缺陷。入選作品的體裁看，七言占到了絕大部分。從題材看，有反映民工勞動條件惡劣的《勞歌》（入選《宋詩選注》），有諷刺吏治的《有感》（入選《宋詩選注》），有描寫農民趕早輸稅的《東方》，有詳細描述農民起義的《八

盜》等等。但是《札記》選錄了更多的遠離社會現實，更多個人體驗的詩歌。這些走進了更爲細膩的官能感受和情感色彩的捕捉追求中的詩，更富有藝術的魅力。從入選數量龐大的七絕、七律詩看，幾乎每一首都很耐讀，都是值得推敲的好作品。在這些作品中，關於節候的感受，以及冬寒夏熱的內容特別多。本來，這些寫天氣以及節候的作品，在張耒的全部詩作中就幾乎佔了四分之一。

如同是寫夏景，下面的幾首詩卻各有風味：

《晚春初夏絕句》：「陰陰夏景變餘春，清曉園林未有塵。日日東風欺弱柳，鵝黃吹盡作青雲。」「少室山前日日風，望嵩樓下水溶溶。卷將春色歸何處，盡在車前榆莢中。」

《夏日》：「蘄簟紗廚與睡宜，法曹腰腹大何爲。重雲到地翻盆雨，卻是幽人穩睡時。」（三）「千蛙鳴噪污池水，萬蟻奔馳一腐蟲。得喪世間能幾許，冥冥高處有飛鴻。」（四）

再如幾首旅途之作，情和景的自然交融，讀來十分動人：

《出都有感》：「來時雪盡花初發，歸去柳陰蟬亂鳴。四序風光半爲客，百年飄泊一浮名。春來多病思高臥，老去違時畏後生。若有黃精換華髮，敢隨車馬到高城。」

《自海至楚途次寄馬全玉》：「蕭蕭晚雨向風斜，村遠荒涼三四家。野色連雲迷稼穡，秋聲催曉起蒹葭。愁如夜月長隨客，身似飛鴻不記家。極目相望何處是，海天無際落殘霞。」

《自巴河至蘄陽口道中》：「落月娟娟墮半環，嘔啞鳴櫓轉荒灣。東南地缺天連水，春夏風高浪卷山。旅食每愁村市散，近秋已覺暑衣單。自慚老病心兒女，三日離家已念還。」

此外，還選錄了張耒的幾首六言詩，這是以往的選本中沒有提到過的：

《夜坐三首》：「門庭草草是客，寢室冷冷似僧。春寒

猶須篝火，夜書（疑當作讀）頗復明燈。」

　　《白沙聞西艤舟亭下》：「倦客時時醉眼，津亭日日春寒。目極傷春懷抱，黃昏猶在闌干。」

　　此外，如《宋詩別裁集》所選的《離黃州》，其他選本沒有選錄，《宋詩選注》雖未選錄，但在《札記》中卻抄錄了全詩，並有較高的評價，認爲「淡而斂，一變平日鋪衍之習，遂成高格老筆。」（參見札記）又如《夏日三首》（七律）是張耒詩中的一傳統名篇，方回《瀛奎律髓》卷十一全選三首，《宋詩別裁集》全選，《宋詩精華錄》錄第一首「長夏村墟風日清」，《宋詩選注》錢鍾書也錄此首。而二、三首中僅摘一聯「幽花避日房房斂，翠樹含風葉葉香。」

　　從《札記》中大量摘錄張耒詩歌，到《宋詩選注》對張耒詩歌的標舉，我們不難看出錢鍾書對張耒詩歌以一貫之的欣賞。這種欣賞，與今日研究界對張耒詩歌的漠視形成了鮮明的對比。這背後也許有值得我們深入思考的東西。

　　就整個宋詩發展的歷史看，宋人進行詩歌創作，都離不開對唐詩的借鑒與取資，所以存在大量著取法唐詩，自然延續唐風的作家。這些作家在當時也得到世人的承認，以張耒爲例，蘇軾、楊萬里等人都非常欣賞張耒的詩歌，而《瀛奎律髓》等詩歌選本也相當重視張耒的詩歌。但隨著近代「宋詩運動」的開展，對所謂宋型詩歌的宣揚與學習，這些延續唐風的詩人，正逐漸退出研究者的視野。在當代的古代文學史的重建運動中，由於種種原因，這類作家，甚至如張耒這樣的名家，也正逐漸淪爲次要、甚至被忽略的作家。這是值得我們注意的一個問題。

附錄：《容安館札記》第 598 則〔註10〕（卷一，第 683 頁）（此則由聶安福師兄整理）

　　張耒《柯山集》五十卷、《拾遺》十二卷、《續拾遺》一卷。此雖

〔註10〕　《手稿集》第 683～92 頁。

《武英殿聚珍板書》本，然誤字甚多，想見「臣某恭校」云云，皆具文而已。編輯亦未精審，如卷三〈採蓮子〉乃孫光憲詩，亦作皇甫松詞，卷二十二〈古意〉已見夏竦《文莊集》卷三十六；卷二十三〈題周文翰郭熙山水〉乃晁無咎詩見《鷄肋集》卷二十。《拾遺》兩編均恨掛漏，〈輸麥行〉（《宋詩紀事》卷二十六引《蓉塘詩話》，按《竹坡詩話》亦載之而無序，唯有云：「見其親棄後題云：『此篇效張文昌而語差繁。』可見其喜文昌如此」）、〈書白樂天詩後〉（《苕溪漁隱叢話前集》卷八引），其尤犖犖大者也。

【蔣生沐《東湖叢記》卷一稱宋刊本《張右史集》，七十卷，後有紹興十三年張表臣〈序〉，詩、文二千七百餘篇。】【《太倉稊米集》卷六十七〈書譙郡先生文集後〉謂：「得《柯山集》十卷，又得《張龍閣集》三十卷，又得《張右史集》七十卷，今又得《譙郡先生集》一百卷，凡一千八百三首。他日當爲別集十卷，以載其逸遺。」】

文潛詩舒和坦衍，不用典藻，與蘇門諸君之矜氣骨、鍊詞句者大異。故格不高，律不精，而獨饒情韻。靡淺率懈之中，時出流麗挺秀，以白戰制勝。《鷄肋集》卷十八〈題文潛詩冊後〉云：「君詩容易不著意，忽似春風開百花。上苑離宮曾絕艷，野牆荒徑故幽葩。愜心芻蕘非雜俎，垂世江河自一家。頭白昏昏醉眠處，憶君頻夜夢天涯。」頗能形容。楊誠齋亦言「肥仙詩自然」者是也（《誠齋集》卷四十〈讀張文潛詩〉云：「晚愛肥仙詩自然，何曾繡繪更雕鐫。春花秋月冬氷雪，不聽陳玄只聽天」；「山谷前頭敢說詩，絕稱漱酒掃花詞。後來全集教渠見，別有天珍渠得知」）。才情遠在秦、晁之上，七言古、近體尤擅場。古體每上接張王樂府，近體每上接香山而下開劍南，然獨到處較二家蒼潤含蓄。文汪洋近東坡，而欠振盪。

【《養一齋詩話》以同鄉故也，極推文潛，如卷五謂「少游風骨不逮文潛」，又云：「文潛在北宋當屬大家，無論非少游、無咎所能，即黃、陳亦當放出一頭地。」】

【《困學紀聞》卷十二：「司馬溫公〈虞帝篇〉詩云：『虞帝老倦

勤，薦禹爲天子。豈有復南巡，迢迢渡湘水。』張文潛詩今本《柯山集》無曰：『重瞳陟方時，二妃蓋老人。安肯泣路旁，灑淚留叢筠。』以祛千載之惑。」】【《能改齋漫錄》卷七：「文潛〈竹〉詩：『裊裊牆陰竹數竿，秋風盡日舞青鸞。平生愛爾緣瀟洒，莫作封君渭上看。』自云本陸龜蒙詩『叢竹當封瀟洒侯』。」〔註11〕】又第二百五十九則、五百十二則。

卷二〈鳴蛙賦〉：「若噭而嘔，若咽而嗽。瘖者之呼，吃者之鬭。」

卷三〈勞歌〉（《張右史集》卷四）：「暑天三月元無雨，雲頭不合惟飛土。深堂無人午睡餘，欲動身先汗如雨。忽憐長街負重民，筋骸長轂十石弩。半衵遮背是生涯，以力受金飽兒女。人家牛馬繫高木，惟恐牛軀犯炎酷。天工作民良久艱，誰知不如牛馬福。」

〈贈人三首次韻道卿〉（《右史集》卷四）。按《侯鯖錄》卷一載文潛初官通許時，贈營妓劉淑女詩二首，即此詩之第一、第三首也。德麟并取第三首四句爲〈鷓鴣天〉。同卷〈倚聲製曲三首〉（《張右史集》卷五）亦七律艷體。卷十八〈次韻張公遠二首〉即《瀛奎律髓》卷七〈風懷類〉所選，皆浮俗不足吟諷。宋人此體詩，無過《具茨集》卷十三〈都下追感往昔因成二首〉〔註12〕，次則《前賢小集拾遺》卷五司馬才仲〈閨怨二首〉耳。

卷六〈休日同宋遐叔詣法雲〉（《張右史集》卷八）：「鳥語演寶相，飯香悟眞空。」按《苕溪漁隱叢話前集》卷五十一以東坡「茶筍盡禪味，松杉眞法音」、山谷「魚遊悟世網，鳥語入禪味」與文潛此聯相較，而推山谷一聯爲優，是也。文潛此詩即仿山谷體爲之。

〈掛虎圖于寢壁示秸秕〉（《張右史集》卷八）：「煩君衛吾寢，振此蓬葦陋。坐令盜肉鼠，不敢窺白晝。」按《苕溪漁隱叢話前集》卷五十一引《王直方詩話》云：「此却是貓兒詩也。」可謂妙語。荊公〈虎圖〉云：「卒然我見心爲動，熟視稍稍摩其鬣」，又云：「山牆野

─────────────

〔註11〕原文脫落「緣」字。
〔註12〕「往昔」原作「往事」。

壁黃昏後，馮婦遙看亦下車。」用意深穩多矣。又按卷二十六（《張右史集》卷三十五）〈秬〔註13〕移宛邱牡丹植圭實齋前作二絕示秬秸和〉無秠在。《老學庵筆記》卷二〔註14〕云：「文潛三子秬、秸、和皆中進士第，秬、秸在陳，死於兵。和為陝西教官，歸葬二兄，復遇盜見殺。文潛遂無後。」則秠或早卒耳。

〈離黃州〉（《張右史集》卷八）：「扁舟發孤城，揮手謝送者。山回地勢卷，天豁江面瀉。中流望赤壁，石脚插水下。昏昏煙霧嶺，歷歷漁樵舍。居夷實三載，鄰里通假借。別之豈無情，老淚為一洒。篙工起鳴鼓，輕櫓健於馬。聊為過江宿，寂寂樊山夜。」按淡而飲，一變平日鋪衍之習，遂成高格老筆。《容齋隨筆》卷十五云：「何大圭謁文潛，凡三日，見其吟哦老杜〈玉華宮〉詩不絕口，自謂平生極力模寫，唯〈離黃州〉詩稍近。」《古夫于亭雜錄》卷二則謂文潛此詩「特音節似耳，未神似也」；《谷音》卷下所載楊雯〈宋武帝廟〉詩，「雖不摹杜，反得神似」云云。又按，文潛推頌少陵語，詳見《拾遺》卷二〈讀杜集〉，有云：「他人守一巧，為豆不能簠。君獨備飛奔，捷蹄兼駿羽。」

〈官閒〉（《張右史集》卷十七）：「官閒吏歸早，歲晏寒欲盛。槐稀庭日多，鳥下人語靜。幽花破寒色，過雁驚秋聽。酒賤莫厭沽，北風行欲勁。」

〈秋池〉（《張右史集》卷十七）：「寒水靜無波，衰荷委餘碧。」

卷七〈次韻淵明飲酒詩〉（《張右史集》卷十）。按，卷六如〈夜初涼〉（卷八）、〈今旦〉（卷十二）、〈冬懷〉、〈感春〉、〈春日雜詩〉、〈飛雲〉（《張右史集》卷十七）、卷八〈三伏暑甚七月八日立秋欣然命酒〉（《張右史集》卷十九）、〈十月二十二日晚作〉（卷十八）諸篇亦學淵明，皆未為工。蘇籀《欒城遺言》云：「張十二病後詩一卷，頗得陶元亮體。」豈謂是耶？又云：「公言文潛詩『龍驚漢武英雄射，山笑

〔註13〕 筆者按：四庫本：「秬」作「秋」。
〔註14〕 筆者按：四庫本：「卷二」為「卷四」。

秦皇爛漫游』，晚節作詩，似稍遜其精處。」此聯今不見《集》中。
文潛七律，時爲雄瀾語，如子由所稱此聯，及卷十七〈遣興次韻和晁
應之〉云：「清涵星漢光垂地，冷覺魚龍氣近人」，「水闊魚龍陰後出，
山空虎豹夜深聞」，又〈遣興次韻和晁應之〉云：「暗峽風雲秋慘淡，
高城河漢夜分明」，「雙闕曉雲連太室，九門晴影動天津」，「山川老去
三年淚，關塞秋來萬里愁」，卷十八〈福昌雜詠〉云：「風雲蕭瑟三川
夜，星斗縱橫萬壑秋」，卷十九〈夏日〉云：「錯落晴山移斗極，陰森
暗峽宿風雷」，皆彷佛明七子體。

　　〈阿几〉（《張右史集》卷十八）：「小兒名阿几，眉目頗疏明。日
來書案傍，學我讀書聲。男兒事業多，何必學讀書。自古奇男子，往
往羞爲儒。阿几笑謂爺，薄雲無密雨。看爺饑寒姿，兒豈合貴富。翁
家破篋中，惟有書與史。教兒不讀書，更欲作何事？」

　　〈出伏後風雨頓涼有感三首〉（《張右史集》卷十）。按第三首（「殘
暑扇中盡，新涼枕上歸」云云）乃律詩。

　　卷八〈嘲南商〉（《張右史集》卷十八）：「兩袖全匹帛，望知江淮
客。深藏計算苦，好鬥意氣窄。愁逢湯餅盌（謂南人不食麵也），遇鮓
論甕咋。市南沽茅柴，歸店兩顴赤。」

　　卷九〈與友人論文因以詩投之〉（《張右史集》卷十四）：「我雖不
知文，嘗聞於達者。文以意爲車，意以文爲馬。理強意乃勝，氣盛文
和疑當作『如』駕。理惟當即止，妄説即虛假。氣如決江河，勢盛乃傾
瀉。文莫如六經，此道亦不舍。但于文最高，窺不見隙罅。故令後世
儒，其能及者寡。文章古亦眾，其道則一也。譬如張眾樂，要以歸之
雅。區區爲對偶，此格最汙下。求之古無有，欲學固未暇。君爲時俊
髦，我老安苟且。聊獻師所傳，無以吾言野。」按文潛論文語，詳見
卷四十六〈答李推官書〉（《張右史集》卷五十八），有云：「足下之文，
可謂奇矣。捐去文字常體，力爲瓌奇險怪。抑某之所聞，能文者固不
能以奇爲主也。理勝者，文不期工而工；理詘者，巧爲粉澤而隙間百
出。此猶兩人持牒而訟，直者操筆不待累累，讀之如破竹，橫斜反覆，

自中節目。曲者雖使假詞於子貢，問字於揚雄，如列五味而不能調和，食之於口，無一可愜，況可使人玩味之乎？故學文之端，急於明理。夫決水于江河淮海也，水順道而行，滔滔汨汨，日夜不止，衝砥柱，絕呂梁，放於江湖，而納之海，其舒爲淪漣，鼓爲波濤，激之爲風颸，怒之爲雷霆，蛟龍魚鼈，噴薄出沒，是水之奇變也。而水初豈如此哉？是順道而決之，因其所遇而變生焉。溝瀆東激〔註15〕而西竭，下滿而上虛。日夜激之，欲見其奇，彼其所至者，蛙蛭之玩耳。江河淮海之水，理達之文也，不求奇而奇至矣。激溝瀆而求水之奇，此無見于理，而欲以言語句讀爲奇之文也。或爲缺句斷章，使脈理不屬，又取古書訓詁希于見聞者，撏撦而牽合之。或得其字不得其句，或得其句不得其章，此最文之陋也」云云，參觀第一百一則引《後山詩話》、方秋崖〈與許月卿書〉、鈍翁《說鈴》。

卷十〈有感〉（《張右史集》卷十二）：「羣兒鞭笞學官府，翁憐痴兒傍笑侮。翁出坐曹鞭復呵，賢於羣兒能幾何？兒曹相鞭以爲戲，翁怒鞭人血流地。等爲戲劇誰後先，我笑謂翁兒更賢。二」

「南風霏霏麥花落，豆田漠漠初垂角。山邊夜半一犁雨，田父高歌待收穫。雨多蕭蕭蠶簇寒，蠶婦低眉憂繭單。人生多求復多怨，天工供爾良獨難。三」按《苕溪漁隱叢話後集》卷三十三引《復齋漫錄》謂後一首用東坡〈泗州僧伽塔詩〉意。又按《宋詩鈔》誤以此首入《滄浪集》，康熙時宋犖定本《蘇學士集》初無此詩。參觀第一百七十九則。袁爽秋《安般簃集》卷戊《人事不齊》云：「茶戶喜霽，花房祝黔；院婢願水淺，汲奴願水深」云云，亦此意。

〈東方〉（《張右史集》卷十二）：「東方未明更五鼓，星河寥寥寒雁度。鐺鐺鳴鐸誰家車，陌上驅牛輾霜去。北風吹面足踏氷，村南早飯天未明。年年輸稅洛陽城，慎莫後期官有刑。」

（《張右史集》卷十八）〈秋曉〉：「雁聲相應江南北，斗杓欲下天中央。」按此篇實七言拗律，與《瀛奎律髓》卷二十五所選〈寒食〉

〔註15〕筆者按：四庫本「激」作「決」。

一首之體正同（《拾遺》卷三作〈寒夜〉，《續拾遺》又收入）。卷十一
〈歲後三日〉亦拗律。

　　卷十一〈岡沙阻風〉（《張右史集》卷十一）：「大江春風浪如屋，
客舟迎風岡沙宿。連檣接柁古岸傍，岸頭無人春草綠。船頭日出炊烟
起，買魚攜菜來就市。漁人水惡不出門，蕭條野市無雞豚。隄邊紙錢
灰若雨，沽酒賽神巫降語。南人艇子不避風，橫江五兩翩翩去。」

　　〈海州道中〉（《張右史集》卷十九）：「孤舟夜行秋水廣，秋風滿
帆不搖槳。荒田寂寂無人聲，水邊跳魚翻水響。河邊守罾茅作屋，罾
頭月明人夜宿。船中客覺天未明，誰家鞭牛登隴聲。一」

　　「秋野蒼蒼秋日黃，黃蒿滿田蒼耳長。草蟲咿咿鳴復咽，一秋雨
多水滿轍。渡頭鳴舂村逕斜，悠悠小蝶飛豆花。逃屋無人草滿家，纍
纍秋蔓懸寒瓜。二」

　　〈讀中興頌碑〉（《張右史集》卷八）：「百年廢興增歎慨，當時數
子今安在。君不見荒涼浯水棄不收，時有遊人打碑賣。」按《獨醒雜
志》及《庶齋老學叢談》謂此篇乃秦少游作，時被責憂畏，又持喪，
乃託名文潛。故王敬之、茆泮林《淮海集補遺》即收之。《苕溪漁隱
叢話後集》卷三十一引《復齋漫錄》韓子蒼語，亦謂是少游作。

　　卷十二〈再和蘇子瞻韓幹馬圖〉（《張右史集》卷十五）：「我年十
五游關西，當時惟揀惡馬騎。華州城西鐵驄馬，勇士十人不可羈。牽
來當庭立不定，兩足人立當（迎）風嘶。我心壯此寧復畏，撫鞍躡鐙
乘以馳。長衢大呼人四走，腰穩如植身如飛。橋邊爭道挽不止，側身
逼墜壕中泥。懸空十丈繞一擲，我手失轡猶攢蹄。回頭一躍已在岸，
但見滿道人嗟咨。關中地平草木短，盡日散漫遊忘歸。驅馳寧復受鞭
策，進止自與人心齊。爾來十年我南走，此馬嗟嗟入誰手。楚鄉水國
地卑汙，人盡乘船馬如狗。我身（年）〔註16〕未老身已衰，夢寐時時
猶見之。想圖思畫忽有感，況復慷慨吟公詩。達人遇境貴不惑，世有
尤物常難得。寧能使我即無情，搔首長歌還歎息。」參觀六一一、六

〔註16〕筆者按：四庫本作「我心」。

一二則。

〈早作〉（《張右史集》卷十五）：「麤鷥夜寒不得眠，永夜相語高樹顛。鴉鳴最早尤喧闐，啼呼相應動百千。老鷄睡起足蠻拳，側頭端如聞九天。引吭一唱鳴宮懸（《周禮·春官·小胥》：『天子樂』也），時哉不後亦不先。朦朧初日見山川，吾廬晨起有炊烟（『晨』字當從《宋詩鈔》作『人』）。」參觀卷十四〈夏日雜感·之四〉，見《魚眼鼠鬚錄》。

〈秋蔬〉（《張右史集》卷十五）：「荒園秋露瘦韭葉，色茂春菘甘勝蕨。人言佛見爲下箸，芼炙烹羹更滋滑。」自注：「俗言：『八月韭，佛開口。』」

卷十三〈八盜〉（《張右史集》卷十六）：「挾弓持矛八人者，暮出永寧循白馬。袁村飲酒呼主翁，主翁倉皇問以弓。朝飯南山民獻麂，主人贈刀其姓李。道逢兩夫捕鷹隼，脅之以威使從己。晚投民居迫之饋，坐有三夫願從事。其徒新故十有三，驅使兩夫前探伺。謀知小水無徼巡，彎弓長呼蒼市門。傳聲市人恣誘脅，擾擾坐致幾千人。一盜登牀坐而視，四盜執兵環以衛。八夫露刃入民居，斂聚金珠致之帥。搜羅抉剔凡八戶，淫汙婦女纍其主。烹羊致酒來紛紛，錢幣滿前隨賜與。一盜揚聲集市人，我憐市人常苦貧。居民積財尚餘羨，恣爾攫取舍無嗔。市人聽令喜且舞，肩負囊擔誰復數。須臾散去閭里空，犬逝鷄逃無敢語。八盜連謀詔其五，爲我鳴金南取路。人聞金聲謂盜南，八盜西馳下山去。長吏飛書呵有司，坐欲捕獲如吾期。洛陽大榜如匹帛，一百萬錢賞能獲。一朝兩卒叩吾門，自言有密人不聞。我知小鼠羣偷地，二盜今居洛之涘。立呼吏兵給戈弩，期以朝擒夜馳去。可憐鼠子不知逃，猶復持矛起相拒。一士揮刀身首離，復取傍盜如攜兒。八夫獲二亡其六，盡取黨人付諸獄。」

〈淮陰阻雨〉（《張右史集》卷十六）：「檣竿日日春風轉，渺渺孤舟數家縣。朝來雨暗隔淮村，白浪卷沙吹斷岸。渡頭楊柳濕青青，橋下涓涓野水生。滿尺白魚初受釣，斷行歸雁故能鳴。平生行止任遲

遠，篷底欠伸朝睡足。從來江海有前約疑當作『盟』，老去塵埃無可欲。曉天暖日生波光，桃杏家家半出牆。春日春波好相待，短帆輕舫可須忙。」

〈蕭朝散惠石本韓幹馬圖馬亡後足〉（《張右史集》卷十六）：「世人怪韓生，畫馬身苦肥。幹寧忍不畫驥骨，當時廄馬君未知。開元太平國無事，戰馬卷甲飽不騎。玉關橐駝通萬里，長安第宅連諸姨。笙歌錦繡遍一國，六龍長閒空食粟。霜甜秋草沙苑游，日暖春波渭川浴。脽圓腰穩目生光，細尾豐膺毛貼肉。珠鞍玉鐙驕不行，豈有塵埃侵四足。韓生丹青寫天廄，磊落萬龍無一瘦。豈知車下骨如牆，饑食草根刺傷口。（中略）神駒入水隨煙雲，蜀山石路無行人。六驪悲鳴足流血，騎騾遺事一酸辛。」按張彥遠《歷代名畫》卷九引少陵詩而斥之曰：「杜甫豈知畫者！」因考論玄宗好大馬，故幹畫馬肥大，可與此詩參觀。米南宮《海岳名言》論薛稷書慧普寺額醜怪難狀，而少陵稱之，因歎「信老杜不能書也」，并識之。參觀郭若虛《圖畫見聞志》卷一：「諺云：『黃家富貴，徐熙野逸。』」蓋亦耳目所習，黃父子給事禁中，徐處士多狀江湖。」卷二：「契丹天皇王之弟東丹王畫本國人物鞍馬，多寫貴人酋長，胡服鞍勒，率皆珍華。而馬尚豐肥，筆乏壯氣。」唐顧雲〈蘇君廳觀韓幹馬障歌〉：「杜甫詩歌吟不足，可憐曹霸丹青曲。直言弟子韓幹馬，畫馬無骨但有肉。今日披圖見筆跡，始知甫也真凡目。」《張右史集》卷十一〈題韓幹馬圖〉：「韓幹寫時國無事，綠樹陰低春畫長。兩髯執轡儼在傍，如瞻馳道黃屋張。北風揚塵燕賊狂，廄中萬馬歸范陽。天子乘騾蜀山路，滿川芻菽為誰芳。」《山谷內集》卷七〈次韻子瞻和子由觀韓幹馬〉、卷十七〈題李亮功戴嵩牛圖〉。《說郛》卷十二賈似道《悅生堂隨鈔》引《石渠錄》：「八舅王彥丹侍郎嘗跋周昉、韓幹畫人、馬云：『天廄無瘠馬，宮禁無悴容，宜乎韓馬、周人皆肥。』」《宣和畫譜》卷二：「世謂周昉畫婦女，多豐厚態度者。此無它，昉貴遊子弟，多見貴而美者，故以豐厚為體。而又關中婦人，纖弱者為少。至其意穠態遠，宜覽者得之也。此與韓

幹不畫瘦馬同意。」參觀卷十五〈讀蘇子瞻韓幹馬圖〉（見《魚眼鼠鬚錄》）。

〈奉先寺〉（《張右史集》卷十六）：「荒涼城南奉先寺，後宮美人棺葬此。角樓相望高起墳，草柏下多石人。秩卑焚骨不作塚，青石浮屠當邱隴。家家墳上作享亭，朱門相向無人聲。」「樹上土梟作人語，月黑風悲鬼搖樹。宮中養女作子孫，年年犢車來作主。廢后陵園官道側，家破無人掃陵域。官家歲給半千錢，街頭買餅作寒食。」結句仿香山〈江南逢天寶樂叟〉：「唯有中官作宮使，每年寒食一開門。」按《清波雜志》卷四有論此詩，謂可與張文昌〈北邙山〉相比。《詩話總龜前集》卷四十三引《王直方詩話》云：「晁以道與江子之言：『文潛近來詩不甚好。』子之因誦此詩以對，以道云：『莫不是文潛詩否？』」參觀《封氏見聞記》：「李邕常不許蕭誠書，蕭乃作為古帖，令紙故暗，持示邕曰：『右軍真跡。』邕欣然曰：『是真物，平生未見。』誠以實告，邕復取視，曰：『細看亦未能好。』」

卷十四〈冬至〉（《張右史集》卷二十，題作〈冬日三首〉，此其第一首）：「昨夜新霜落，淮南十月初。寒雲風後白，高木雨來疎。功業嗟謀拙，星霜逼歲餘。子雲真拙者，寂寞為玄書。一」

卷十五〈夏日〉（《張右史集》卷廿一）：「雛聲知鳥哺，萍動見魚過。」

「庭除延夜色，砧杵發秋心。」按卷十七（卷二十三）〈春日遣興·之二（一）〉云：「綠野染成延晝永，亂紅吹盡放春歸」，《拾遺》卷四〈感春〉云：「焚香延晝睡，酤酒過春寒。」

卷十六〈出都有感〉（《張右史集》卷二十二）：「來時雪盡花初發，歸去柳陰蟬亂鳴。四序風光半為客，百年飄泊一浮名。春來多病思高臥，老去違時畏後生。若有黃精換華髮，敢隨車馬到高城。」

〈夜〉（《張右史集》卷廿二）：「木落風高砧杵傷，孤城更漏入秋長。寒生疏牖人無夢，月過中庭樹有霜。報落梧桐猶隕葉，知時蟋蟀解親床。年年多病渾無寐，靜對楞嚴一炷香。」

〈早春〉（卷二十二）：「殘雪暗隨冰筍滴，新春偷向柳梢歸。」

〈暮春〉（卷二十一）：「庭前落絮誰家柳，葉裏新聲是處鶯。」

〈送楊補之赴鄂州支使〉（卷二十二）：「相逢顧我尚童兒，二十年來鬢有絲。涕淚兩家同患難，光陰一半屬分離。扁舟又作江湖別，千里長懸夢寐思。何日粗酬身世了，卜鄰耕釣老追隨。」

〈寄榮子雍〉（卷二十二）：「看盡園花方信馬，飲斜樓月更挑燈。」

〈晝臥懷陳三時陳三臥疾〉（卷二十二）：「睡如飲蜜入蜂房，懶似遊絲百尺長。陋巷誰過居士疾，春風正作國人狂。吟詩得瘦由無性，辟穀輕身合有方。欲餉子桑歸問婦，一瓢過午尚懸牆。」

〈題齋壁〉（卷二十二）：「已歎近秋添白髮，更因多病讀黃庭。」按卷十八（《右史集》卷二十四）〈老舅寓陳諸況不能盡布以二詩〉云：「全仗黃庭能却老，那堪白髮更悲秋。」

〈京師廢宅〉（卷二十二）。按此詩似樂天，中兩聯云：「古牖積雨昏殘畫 [註17]，朽樹經陰長寄生。門下老人時灑掃，舊時來客嘆平生。」「生」字韻複。文潛近體詩，字多重見，《朱子語類》卷百四十兩言之，此乃至韻脚複出，不檢甚矣！卷十七〈自海至楚途次寄馬全玉〉之六云：「村遠荒凉三四家」，「身似飛鴻不記家」，亦然。王觀國《學林》卷八「詩重韻」條歷舉《文選》詩、韓、孟、元、白篇什，而以杜犯此尤多，恐未可引爲解嘲（《漁隱叢話前集》卷十七引《學林》此節及《漫叟詩話》、孔毅夫《雜記》等書論重押韻。又《日知錄》卷二十一「古人不忌重韻」條。又吳景旭《歷代詩話》卷四十九「重用字」條）。卷十九〈早秋感懷〉云：「莫疑虎兕率曠野，正見虎豹守天關」，對字相犯。卷二十五〈宿潘君草堂聞蛙聲〉云：「我亦閒來無鼓吹，不煩通夕短長吹。」兩「吹」字，亦未安。

〈寄陳鼎〉（卷二十二）。按此詩似放翁，三、四云：「常憂送乏鄰僧米，何嘗寒無坐客氈。」放翁〈霜風〉亦云：「豈惟飢索鄰僧米，

_____

〔註17〕「積雨」原作「雨積」。

真是寒無坐客氈。」

卷十七〈和即事〉（卷二十三）：「啅雀踏枝飛尚裊，仰荷承雨側還傾。」按《能改齋漫錄》卷八引韋蘇州〈聽鶯曲〉：「有時斷續聽不了，飛去花枝猶裊裊」；趙嘏詩：「語風雙燕立，裊樹百勞飛」；錢希白〈畫景〉詩：「雙蜻上簾額，獨鵲裊庭柯」。《全金詩》卷十六王黃華〈夏日〉云：「花影未斜貓睡外，槐枝猶顫鵲飛邊。」後來居上。

〈自海至楚途次寄馬全玉〉（卷二十三）：「蕭蕭晚雨向風斜，村遠荒涼三四家。野色連雲迷稼穡，秋聲催曉起蒹葭。愁如夜月長隨客，身似飛鴻不記家。極目相望何處是，海天無際落殘霞。六」按卷十八〈鴻軒下有薔薇有黃州之行酌酒賞別〉云：「時如轉轂無定〔註18〕軌，客似飛鴻不定家」；〈離山陽入都寄徐仲車〉云：「回首事如前夕夢，出門心似下山僧」；〈題洪澤亭〉云：「人似垂楊隨日老，事如流水幾時休」，皆放翁體。

〈夏日〉（卷二十三）：「長夏江村風日清，簷牙燕雀已生成。蝶衣晒粉花枝午，蛛網添絲屋角晴。落落疏簾邀月影，嘈嘈虛枕納溪聲。久拚兩鬢如霜雪，直欲樵漁過此生。一」〔註19〕按五、六本張說〈深度驛〉之「洞房懸月影，高枕聽江流」及少陵〈客夜〉之「入簾殘月影，高枕遠江聲」。

「幽花避日房房斂，翠樹含風葉葉香。」三

〈和晁應之大暑書事〉（卷二十三）：「青引嫩苔留鳥篆，綠垂殘葉帶蟲書。」

〈自巴河至蘄陽口道中〉（卷二十三）：「落月娟娟墮半環，嘔啞鳴艣轉荒灣。東南地缺天連水，春夏風高浪卷山。旅食每愁村市散，近秋已覺暑衣單。自慚老病心兒女，三日離家已念還。」一

〈渡洛因泛舟東下數里頗憶淮上〉（卷二十三）：「泛泛清洛轉山隈，渺渺東流不復回。輕鳥竟隨青嶂去，亂波爭泛夕陽來。偶驚舟楫

〔註18〕筆者按：四庫本「定」作「停」。

〔註19〕「此生」原作「此上」。

鄉心起，乍脫塵埃病眼開。疑是盱睍郭門外，月明帆席過清淮。」按張均〈岳陽晚景〉云：「水光浮日去」，韋應物〈自鞏洛州入黃河即事〉云：「夕陽明滅亂流中」，要以文潛爲後來居上。

〈和周廉彥〉（卷廿三）：「天光不動晚雲垂，芳草初長襯馬蹄。新月已生飛鳥外，落霞更在夕陽西。花開有客時攜酒，門冷無車出畏泥。修禊洛濱期一醉，天津春浪綠浮隄。」按卷二十三〈青桐道中〉云：「冥冥烟外鳥飛歸，野老得魚收網迴，隔浦斷霞沉欲盡，半彎新月出雲來」；〈淮陰晚望〉云：「蕭蕭衰柳來時路，裊裊危檣西去船。白鳥歸飛夕陽盡，斷霞風約過平川。」此詩三、四句即寫其景。《前賢小集拾遺》載陳棠〈晚步〉詩亦云：「棲鴉啼處野烟合，飛鳥去邊孤月生。」又按《漁隱叢話後集》卷三十三引《復齋漫錄》謂三、四本郎士元〈送楊中丞和番詩〉之「河陽飛鳥外，雪嶺大荒西」。此皮相之談也。《宛陵集》卷六〈中秋新霽壕水初滿自城東隅泛舟回〉云：「壕水初滿自城東斜陽鳥外落，新月樹端生」，庶幾近之。無可〈送僧歸中條〉亦云：「卷經歸鳥外，轉雪過山椒」，亦貌同心異。姚鵠〈送友人出塞〉云：「入河殘日鵰西盡，卷雪驚蓬馬上來」；薛能〈許州題德星亭〉云：「高樹月生滄海外，遠郊山在夕陽西」，則頗類。「鵰西」語尤奇。

卷十八〈仲夏〉（《右史集》卷廿四）：「雲間趙盾益可畏，淵底武侯方熟眠。」按《苕溪漁隱叢話前集》卷五十一引《王直方詩話》，摘此二句。以「雲間」爲「天邊」，「淵底」爲「水底」，猶可說也。以「熟眠」爲「醉眠」，則臥龍爲糟魚矣！又按《王直方詩話》云：「時人以爲湯燖了右軍也」，則與「武侯」不切。《道山清話》作「右軍」，記文潛自言子瞻每笑謂：「湯燖了王羲之」，因反唇謂：「公詩有『獨看紅葉傾白墮』，『白墮』是一人，莫難爲傾否？」子瞻引魏武〈短歌行〉「惟有杜康」解嘲。參觀第四六二則。

〈同周楚望飲花園〉（卷廿五）：「柳色漸經秋雨暗，荷香時與好風來。」

〈登楚望北樓〉（卷廿五）：「裊裊危樓百尺梯，秋風有客獨攀躋。路窮流水遠更遠，目斷夕陽西復西。簾卷似迎輕燕入，柳深時有暗蟬嘶。洞庭落葉悲騷客，鵬鷃何勞著意啼。」

〈同陳器之題迎福院軒〉（卷廿五）：「殘雪作寒山向晚，橫烟不動野浮春。」賀黃公《載酒園詩話》卷一評祖詠〈終南望餘雪〉「城中增暮寒」句曰：「嫌一『增』字。『餘雪』者，殘雪也，不應雪殘而寒始增。」黃白山《載酒園詩話評》卷下曰：「豈不聞『霜前暖、雪後寒』耶？」

〈暮春贈陳器之〉（卷廿五）：「盡日好風吹絮雪，一池春水泛蓮錢。」

〈離光山驛〉（卷二十三）：「草草勞人常少睡，綿綿遠道苦無情。」

〈登穀州故城〉（卷廿五）：「春蕪滿野牛羊散，秋稼連雲雉兔驕。」參觀荊公〈自金陵至丹陽道中有感〉「荒墟暗雞催月曉，空場老雉挾春驕」一聯雁湖注。

卷十九〈夏日〉（卷廿六）：「山影當庭初轉日，水聲穿竹自來風。」

〈予元豐戊午歲自楚至宋由柘城至福昌年二十有五後十年當元祐二年再過宋都追感存歿悵然有懷〉（卷廿六）：「宋玉臺前官樹林，十年孤客獨沾襟。白頭青鬢隔存歿，落日斷霞無古今。暮雲梁苑雁驚暗，久泛吳船江海深。閱世悲歡嗟老眼，呼兒取酒十分斟。」

〈夜泊泗上阻風雨〉（卷廿六）：「雨昏古岸斷人迹，天黑孤城閉水關。燈火樽前初擁膝，風雲淮上欲移山。避人魚鳥那足怪，吹浪蛟龍不自閒。便使乘桴亦何事，滄波歲晚合知還。」

〈效白體贈楊補之〉（卷廿六）：「胸中已了一事大，鏡裏莫驚兩鬢斑。」

〈書壁〉（《右史集》卷廿六）：「陰合園林禽語樂，風和庭院絮飛遲。」

卷二十〈晝臥口占〉（卷二十三）：「人事日益遠，秋居何颯然。苔隨牆半雨，葉放樹中天。」

〈夜坐〉：「門庭草草是客，寢室冷冷似僧。春寒猶須籌火，夜書疑當作『讀』頗復明燈。」

〈白沙閘西艤舟亭下〉：「倦客時時醉眼，津亭日日春寒。目極傷春懷抱，黃昏猶在闌干。」

〈自上元後閒作〉（《右史集》卷廿八）：「閭闠樓南粉署西，舊時種柳長應齊。如今冷落窮山縣，臥聽春風百鳥啼。一」

卷二十一〈秋〉（《右史集》卷廿八）：「日落星稀河漢微，清秋一點水螢飛。涼風白露愁先覺，可待梧桐報即知。」

〈昏昏〉（廿八）：「昏昏落日下牆東，歷歷晴雲送去鴻。歲晚蒼槐甘老大，盡將黃葉付秋風。」

〈閒步〉（廿八）：「枝上啼鴉巢欲成，晴簷向日乳鳩鳴。可憐霜雪餘威盡，春草無名著處生。」

〈春雨中偶成〉（廿九）：「廉纖小雨作春愁，吹濕長雲漫不收。架上酴醾渾著葉，眼明新見小花頭。」

「春陰只與睡相宜，臥聽鳴禽語復飛。一縷斷香浮不散，何人深院晝薰衣。四」

卷二十二〈贈趙簿景平〉（卷廿九）：「明道新墳草已春，遺風猶得見門人。定知魯國衣冠異，盡戴林宗折角巾。一」

〈夏日〉（卷三十）：「蘄簟紗廚與夏[註20]宜，法曹腰腹大何爲。重雲到地翻盆雨，却是幽人穩睡時。三」「千蛙鳴噪汙池水，萬蝗奔馳一廡蟲。得喪世間能幾許，冥冥高處有飛鴻。四」

〈懷金陵〉（卷三十）：「曾作金陵爛漫游，北歸塵土變衣裘。芰荷聲裏孤舟雨，臥入江南第一州。三」

〈水閣〉（卷卅一）：「積雨荒池水欲平，軒窗長夏有餘清。公餘一枕滄浪夢，臥聽風荷受雨聲。」一

[註20]　筆者按：四庫本「睡」作「夏」。

卷二十三〈殘春〉（卷卅一）：「低簷送雨晚霏微，濕透梅房白漸肥。半捲畫簾屏扇掩，朦朧春睡擁春衣。」一

〈題周文翰郭熙山水〉。按，此乃晁無咎詩，見《雞肋集》卷二十，題作〈題工部文侍郎周翰郭熙平遠〉，字句小異，皆以《雞肋集》爲長，茲附注於下「漁村橘市半落楚江邊，人林外秋原雨外川天。〔註21〕遣騎竹邊邀短艇誰倚竹樓邀大編，天涯暮色已蒼然」；「洞庭葉木落萬波秋，說與南人亦自愁。指點吳江淞何處是，一行鴻征雁海山頭。」

〈偶題〉（卷卅一）：「相逢記得畫橋頭，花似精神柳似柔。莫謂無情即無語，春風傳意水傳愁。」

「春水長流鳥自飛，偶然相值不相知。請君試採中塘藕，若道心空却有絲。」按同卷〈巫臣〉（卷卅一）云：「咫尺山河不易知，無言莫謂即無思。人間只見枝頭繭，不悟春蠶暗理絲。」二

〈夜坐〉（卅一）：「庭户無人秋月明，夜霜欲落氣先清。梧桐直不甘衰謝，數葉迎風尚有聲。」按，《能改齋漫錄》卷十云：「文潛以黨人之故，坐是廢放，作詩嘗寄意焉。有云：『最憐楊柳身無力〔註22〕，付與春風自在吹。』又云：『梧桐』云云。」

〈宿第四鋪〉（卅一）：「繫纜寒沙傷客情，秋雲不動夜陰生。蕭蕭兩岸黃榆葉，解報三更雨到聲。」

〈初見嵩山〉（卅一）：「年來鞍馬困塵埃，賴有青山豁我懷。日暮北風吹雨去，數峯清瘦出雲來。」

〈福昌官舍後絕句〉：「小園寒盡雪成泥，堂角方池水接溪。夢覺隔窗殘月盡，五更春鳥滿山啼。」二

「無客門闌盡日扃，兩行喬木擁寒廳。吏胥借問官何在，流水聲中看竹行。」三

「洛川春色幾時歸，漾漾清流照翠微。日暖雪消沙岸軟，鴛鴦相

〔註21〕原文「人」、「林」二字顛倒，「川」、「天」二字顛倒。

〔註22〕「身」原作「聲」。

對不驚飛。」七

　　卷二十四〈清明日舟中書事〉：「巢烏噪處綠楊村，寒食人家畫掩門。麥隴曉風收宿潤，烟林午日漲黃昏。」〔註23〕

　　〈局中晚坐〉：「高林晚葉漸疏明，雨過長安萬屋青。爲問西風來幾日，夕陽宮殿亦秋聲。」

　　〈春日懷淮陽〉：「西城門外古壕清，太昊祠前春草生。早晚粗酬身計了，長爲閒客此間行。」

　　卷二十五〈絕句〉：「衙齋無事雨初晴，山澤有容春向深。何物東風吹不散，祇應多病謫官心。」

　　〈泊楚州鎖外〉：「莫愁家住大堤邊，朱閣青樓映暮川。斜映清淮一梳月，晚妝相對鬥嬋娟。」

　　〈凝祥〉（《右史集》卷二十九）：「已隨芳草藉盃盤，更任垂楊拂馬鞍。斜日兩竿眠犢晚，春波一眼去鳧寒。」二

　　卷二十六〈夢靈壽寺〉：「客居有似鴻遵渚，鴻渚相看豈有情。」按亦本天衣義懷禪師語（「雁過長空，影沉寒水。雁無遺蹤之意，水無留影之心。」見《續傳燈錄》卷六），不如東坡「飛鴻」、「雪泥」之句遠矣！

　　卷二十七至卷三十《同文唱和詩》。按，鄧忠臣、蔡肇、曹輔、李公麟、余幹、柳子文、耿南仲、商倚諸家詩，傳世無多，賴此得存一、二十首。《宋詩紀事》於各家僅採唱和之作一、二首，殊爲草率。卷四十四〈題陳文惠公松江詩〉（《右史集》卷四十七）亦可補《宋詩紀事》卷四。

　　卷三十八〈韓愈論〉：「以爲文人則有餘，以爲知道則不足。愈之〈原道〉於道本不知其何物，故其言紛紛異同而無所歸。」

　　卷四十二〈粥記贈邠老〉：「張安定每晨起，食粥一大碗，最爲飲食之良：暢胃氣，生津液。大抵養性命，求安樂，亦無深遠難知之事，正在寢食之間耳。」按《劍南詩稿》卷三十八〈食粥〉云：「我

〔註23〕「黃昏」原作「春昏」。

得宛丘平易法，只將食粥致神仙。」張丑之父應文《張氏藏書十種》之第一種《簞瓢樂》中有〈粥經〉一篇模仿《論語》，如「小子何莫吃夫粥，粥可以補，可以宣，可以腥，可以素。暑之代茶，寒之代酒」云云。

卷四十三〈評郊島詩〉（《右史集》卷四十六）：「或謂郊、島孰貧？曰：島爲甚也，以其詩知之。郊曰：『種稻耕白水，負薪斫青山』；島曰：『市中有樵山，客舍寒無烟。井底有甘泉，釜中嘗苦乾。』孟氏薪米自足，而島家俱無。」

卷四十四〈雜書〉（《右史集》卷四十七）：「予自金陵月堂謁蔣帝祠，初出北門，始辨色。行平野中，時暮春人家，桃李未謝。西望城壁，壕水或絕或流，多鷁鷁、白鷺，迤邐近山，風物夭秀，如行錦繡圖畫中。」

〈題吳德仁詩卷〉（卷四十七）：「陶元亮雖嗜酒，家貧不能常飲，而況必飲美酒乎？其所與飲，多田野樵漁之人，班坐林間。所以奉身而悅口腹者，蓋略矣！白樂天亦嗜酒，其家釀黃醅者，蓋善酒也。又每飲必有絲竹童伎之奉，洛陽山水風物甲天下，其所與遊皆一時名士也。夫欲爲元亮，則窘陋而難安；欲爲樂天，則備足而難成。」按袁伯修《白蘇齋類稿》卷一〈詠懷〉云：「爲白非所望，爲陶諒難堪。揣分得所處，將處陶白間。」

《拾遺》卷二〈文周翰邀至王才元園飲〉：「漱井消午醉，掃花坐晚涼」，「眾綠結夏帷，老紅駐春粧。」

〈春日雜書〉：「書多墨入腹，無乃與飯妨。何如粲然白，廣作酒肉盎。」

「春風無形迹，貧舍亦時至。」

〈感春〉：「春郊草木明，秀色如可攬。雨餘塵埃少，信馬不知遠。黃亂高柳輕，綠鋪新麥短。南山逼人來，漲洛清漫漫。人家寒食近，桃李暖將綻。年豐婦子樂，日出牛羊散。携酒莫辭貧，東風花欲爛。」「浮雲起南山，冉冉朝復雨。蒼鳩鳴竹間，兩兩自相語。老農

城中歸，沽酒飲其婦。共言今年麥，新綠已映土。去年一尺雪，新澤至已屢。豐年坐可待，春服行欲補。」

卷三〈通海夜雨寄淮上故人〉、〈泊州按當作「舟」永城西寺下有感〉、〈伏暑日唯食粥一甌效皮陸體〉、〈園花盛開秬病不能觀〉。按四首皆七律，誤編入七古。〈效皮陸體〉一首，《續拾遺》中重出。

〈寒夜〉：「暗空無星雲抹漆，邑犬吠野人履霜。歲云暮矣風落木，夜如何其斗插江。屋頭眠雞正寂寂，野縣嚴鼓先逢逢。摩挲老面起撝火，春色牀頭酒滿缸。」按此亦七律，《瀛奎律髓》卷二十五選入〈拗字類〉者，此亦誤編入七古。《律髓》題作〈寒食〉，與詩意不合，當從《宛丘集》改爲〈寒夜〉（《續拾遺》中，此詩重出，題誤從《律髓》作〈寒食〉）。

卷四〈和應之細雨〉：「有潤物皆澤，無聲人不聞。」按，《瀛奎律髓》卷十七稱此二句「亞於老杜」，紀文達謂：「衍爲十字，拙陋之至。」馬星翼《東泉詩話》卷一謂：「老杜〈喜雨〉『潤物細無聲』句甚精，張宛邱分爲二句，便似帖括語。」較文達評更確。

〈雨中〉：「春陰寒食節，陋巷逐臣家。」

卷五〈寂寂〉：「鳴蟲隱衰蔓，晚蝶守餘花。」

卷六〈四月二十日〉：「十步荒園亦懶窺，枕書小醉睡移時。健如黃犢時無幾，鈍似寒蠅老自知。休惜飛馳春過眼，但求強健酒盈卮。枇杷著子紅榴綻，正是清和未暑時。」

〈早起觀雨〉：「雨葉風枝日夜長，東園穠密欲生光。可憐積雨過初暑，更轉餘寒作曉涼。蠶事已成家媼喜，麥畦初潑老農忙。綵絲結縷催端午，又見黃頭鼓楫郎。」

〈晚春初夏絕句〉（《右史集》卷卅）：「陰陰夏景變餘春，清曉園林未有塵。日日東風欺弱柳，鵝黃吹盡作青雲。」一「少室山前日日風，望嵩樓下水溶溶。卷將春色歸何處，盡在車前榆莢中。」

《續拾遺·曉意》：「城頭清角已三奏，樹間眠鳩方一鳴。風霜淒緊雁南向，星河橫斜天左傾。待旦枕戈無□敵，將朝盛服非公卿。不

如衲被蒙頭睡,直至東窗海日生。」按此亦從《瀛奎律髓》卷二十五補入,缺字疑是「虜」字。

第三節　關於錢鍾書筆下的「兩個陸游」

　　錢鍾書對陸游是相當重視的,《談藝錄》有六章專門討論陸游的詩歌,《宋詩選注》選錄陸游詩歌的數量是 32 首,兩宋第一;1986年《談藝錄》補訂又收入將近 6 千文字,2001 年出版的《錢鍾書手稿集》中,有關《劍南詩稿》的論述近 12000 餘字。這些材料,無論是對於陸游詩歌研究的深入,還是對於錢鍾書詩學思想的理解,都具有重要意義。

一、關於陸游的愛國詩

　　錢鍾書對於陸游詩歌藝術上的判斷,從 1948 年出版的《談藝錄》到 1958 年出版的《宋詩選注》沒有太大的轉變。《宋詩選注》創作前的讀書筆記《容安館札記》中也清楚地表達了他的這一態度:

　　　　余《談藝錄》中論放翁詩甚詳,今偶批尋,頗少勝義,
　　稍附益一二事。如鵬鶴之對,已見康節《首尾吟》,倚樓、
　　驚座之對,已見陳鄂父東薛仲藏詩,鄰僧米、坐客氈之對,
　　己見張文潛《寄陳鼎詩》,此類散見第四百三十則、第二百
　　九十則、第五百九十八則等者,皆不復贅。〔註24〕

　　從《宋詩選注》陸游部分的閱讀中,我們也能發現它對《談藝錄》的承接。《宋詩選注·陸游小傳》中提到的「頗效法晚唐詩人而又痛罵他們」、「很講究『組織』『藻繪』而最推重素樸平淡的梅堯臣」明顯是承《談藝錄》第三四則「放翁與中晚唐詩人」、第三二則「劍南與宛陵」而來。《陸游小傳》的第三段論述陸游對「什麼是詩家的生路、『詩外』的『工夫』?」這一問題的答覆也是變化第三六則「放

〔註24〕《錢鍾書手稿集·容安館札記》第六一六則「《劍南詩稿》」(卷二,
　　　　第 1102 頁)

翁自道詩法」而來。再如小傳結尾部分提到的陸游七古學李白，也早在《談藝錄》第三四則詳細探討過了，小傳只是去掉了論證的過程、直接給出了答案。〔註25〕

　　上述幾點，雖敘述的形式有所變化，但基本觀點可以看出還是一脈相承的。但是關於陸游的愛國詩的評價，從《談藝錄》到《宋詩選注》，有了較大的變化。

　　《談藝錄》第三七則「放翁二癡事二官腔」中提到：

　　　　放翁愛國詩中功名之念，勝於君國之思。鋪張排場，危事而易言之。舍臨歿二十八字，無多佳什，求如文集《書賈允傳後》一篇之平實者少矣。

　　《宋詩選注》中陸游的小傳中，錢鍾書這樣論述：

　　　　這就是陸游的特點，他不但寫愛國、憂國的情緒，並且聲明救國、衛國的膽量和決心……愛國情緒飽和在陸游的整個生命裏，洋溢在他的全部作品裏；他看到一幅畫馬，碰見幾朵鮮花，聽了一聲雁唳，喝幾杯酒，寫幾行草書，都會惹起報國仇、雪國恥的心事，血液沸騰起來，而且這股熱潮衝出了他的白天清醒生活的邊界，還泛濫到他的夢境裏去。這也是在旁人的詩集裏找不到的。

　　這前後的反差較大，以致有學者對此提出這樣的質疑：「這裡對陸游的評價，真大相徑庭，使人讀之遽疑其出一口。倘若放翁詩果若此，那又還有多少『可喜』之處呢？」〔註26〕更多的研究者則採取

〔註25〕《宋詩選注·陸游小傳》：「在唐代詩人裏……一般宋人尊而不親的李白常常是他的七言古詩的楷模。」
　　　　《談藝錄》第三四則：「《後村詩話》云：『誠齋天分似太白，放翁學力似少陵』，比擬尚非不倫。然放翁頗欲以『學力』爲太白飛仙語，每對酒當歌，豪放飄逸，若《池上醉歌》、《對酒歌》、《飲酒》、《日出入行》等篇，雖微失之易盡，如桓武之於劉越石，不無眼小面薄聲雌形短之恨，而有宋一代中，要爲學太白最似者，永叔、無咎，有所不逮。」對於陸游七古學李的評價是相當高的，認爲超過了歐陽修、晁無咎，爲有宋一代，學太白醉似者。」
〔註26〕李廷華《悲歌與笑柄——錢鍾書先生筆下的兩個陸游》，載於《唐都學刊》1998 年第 1 期。

迴避的態度，避免談論這一敏感的話題。筆者在仔細閱讀《談藝錄》第三二則至第三七則、《宋詩選注》陸游部分（包括小傳與全部選詩）以及《容安觀札記》第六一六則（論《劍南詩稿》）後，以爲上述這一現象的解釋應該結合下列幾個因素：

　　一、《談藝錄》的創作背景與《宋詩選注》的創作背景

　　二、《宋詩選注》所選三十二首陸游詩與《容安觀札記》第 616 則

　　我們先從第一點談起。

　　在閱讀《談藝錄》中有關陸游的幾個專章時，有一個問題一直困擾著筆者，即錢鍾書對陸游詩歌到底是持什麼態度？是愛？是恨？

　　《談藝錄》第三二則「劍南與宛陵」、第三三則「放翁詩」附說十三「誠齋詩賞音」、第三四則「放翁與中晚唐人」、第三五則「放翁詩詞意復出議論違牾」、第三六則「放翁自道詩法」、第三七則「放翁二癡事二官腔」。光看標題，如第三五、三七則似乎也能看出些傾向。再閱讀一下原文，就更清楚了：

　　如第三二則「劍南與宛陵」，此則錢鍾書從陸游對江西後派提倡的「活法」說的誤解入手，指出陸游詩作中的「輕滑」之病；緊隨其後拋出了「其於古今詩家，仿作稱道最多者，偏爲古質之梅宛陵」這一貌似絕對矛盾的問題；最後以選擇問句的方式做結束：「庶幾知異量之美者矣，抑自病其詩之流易工秀，而欲取宛陵之深心淡貌爲對症之藥耶？」﹝註27﹞這一段把陸游對梅堯臣詩歌的學習與讚頌背後的心理動機揣摩得淋漓盡致，語帶貶義。

　　再如第三三則「放翁詩」附說十三「誠齋詩賞音」這一則的標題也許改爲「陸楊詩歌比較」更爲合適，因爲全章講的都是兩人的比較，其間精彩處甚多，常爲當代研究者所引，大致給人的印象是誠齋詩歌的開創性方面超過了陸游，相對於陸詩的熱捧，誠齋詩是受

﹝註27﹞陳振孫已經注意到陸游對梅堯臣詩歌的欣賞，但沒有指出分析這種矛盾的現象。

了冷落。

　　第三四則「放翁與中晚唐人」分析了放翁對晚唐詩的矛盾之處
——口頭上的鄙薄、批評與實際創作中的模仿學習——最後說「誠齋
肯說學晚唐，放翁時時作喬坐衙態，呵斥晚唐，此又二人心術口業之
異也」，分明也是批評陸游。

　　但同時錢鍾書又聲明「放翁詩餘所喜誦」（第三七則）。陸游的詩
他是喜歡的，否則錢也不會花那麼多筆墨來批評他。但爲什麼又批評
得那麼屬害呢？

　　這還得聯繫《談藝錄》的創作時代背景與當時陸游詩歌的接受情
況，我們來看《宋詩選注》裏的一段話：

　　　　這個偏向要到清朝末年才矯正過來；讀者痛心國勢的
　　衰弱，憤恨帝國主義的壓迫，對陸游第一方面的作品有了
　　極親切的體會，作了極熱烈的讚揚，例如「詩界千年靡靡
　　風，兵魂銷盡國魂空；集中什九從軍樂，互古男兒一放翁。」
　　「辜負胸中十萬兵，百無聊賴以詩鳴；誰憐愛國千行淚，
　　說到胡塵意不平！」這幾句話彷彿是前面所引兩個宋人的
　　意見的回聲，而且恰像山谷裏的回聲一樣，比原來的聲音
　　洪大震盪得多了。

　　「這個偏向」就是說重陸游詩歌的第二方面——「閒適細膩」，
輕陸游詩歌的第一方面——「悲憤激昂」。所引的兩首詩是梁啓超的
作品，兩首詩的寫作背景正是「讀者痛心國勢的衰弱，憤恨帝國主義
的壓迫，對陸游第一方面的作品有了極親切的體會」。而且這一「背
景」在《談藝錄》的創作時沒有改善，相反，民族的情緒、國難的情
緒已經到了頂點。〔註28〕陸游詩歌的接受，在這一時期，已經超出了
文學的審美範疇，所以梁啓超的幾首關於陸游的詩起到的效果是「彷
彿是前面所引兩個宋人的意見的回聲，而且恰像山谷裏的回聲一樣，

〔註28〕《談藝錄》收錄的「壬午中元日鍾書自記」序言裏講得很清楚「《談
　　　藝錄》一卷，雖賞析之作，而實憂患之書也。始屬稿湘西，甫就其
　　　半。養疴返滬，行篋以隨。」

比原來的聲音洪大震盪得多了。」

這裡可以舉兩個事例。

第一是民國時期關於陸游詩歌的出版物：商務印書館於民國二十年出版的學生國學叢書中收錄了《陸游詩》，商務的國學基本叢書中也收了《陸放翁集》。國學整理社也在民國二十五年出版了《陸放翁全集》。而像《陸放翁詩鈔注》（陳延傑著，商務民國二十七年，國學小叢書）、《注音陸放翁詩》（劉辰選，中華書局民國二十五年，中國文學精華叢書）等等向大眾普及的注本更是舉不勝舉。

第二個例證也可以從反面看出當時社會對陸游詩歌過分推崇的風氣：魯迅的《準風月談》中收了一篇文章，叫《豪氣的打摺》。他論述到：「豪語的打折其實也就是文學上的折扣，凡作者的自述，往往須打一個扣頭，連自白其可憐和無用也還是並非『不二價』的，更何況豪語。」下面他就舉了兩個例證，其中一個就是陸游的：「南宋時候，國步艱難，陸放翁自然也是慷慨黨中的一個，他有一回說：『老子猶堪絕大漠，諸君何至泣新亭。』他其實是去不得的，也應該折成零。」

從「陸放翁自然也是慷慨黨中的一個」的論述來看，魯迅對陸游的受熱捧之風也是有些反感的；而錢鍾書的《談藝錄》中對陸游詩歌的多則批評的背後，大概也有著這一層色彩。當然，認為陸游的愛國詩中出色的只有《示兒》一篇——「舍臨歿二十八字，無多佳什」，還是有些偏激，關於這一點，後來錢鍾書也有所修正。〔註29〕

下面關於《宋詩選注》創作背景的一些介紹，這是大家比較熟悉的，筆者簡要的結合陸遊談幾點：

上世紀五六十年代乃至文革期間，一直不受重視、門庭冷落的宋詩研究領域中，陸游研究一枝獨秀的現象，比較突出，其中原由，有

〔註29〕 1986 年版補訂本《談藝錄》在第三七則「舍臨歿二十八字，無多佳什」後即有補訂：「放翁談兵，氣粗言語大，偶一觸緒取快，不失為豪情壯概。」

陸詩中愛國因素正好趨合當時的批評標準，同時毛澤東的詩詞創作中對陸游的模仿，如《仿陸放翁詩》，如和陸游的《卜算子‧詠梅》，雖「反其意而用之」，但可以說使得陸游家喻戶曉。在這樣的政治大氣壓下，錢鍾書選陸游詩、給陸游寫小傳，無疑會受到一些影響。在小傳的敘述中，他好像突出了陸游愛國詩的幾個特點：與陳與義、呂本中、汪藻、楊萬里等人作了比較：「他們只表達了對國事的憂憤或希望，並沒有投身在災難裏、把生命和力量都交給國家去支配的壯志和弘願；只束手無策地歎息或者伸手求助地呼籲，並沒有說自己也要來動手，要『從戎』，要『上馬擊賊』，能夠『<u>慷慨欲忘身</u>』或者『<u>敢愛不貲身</u>』，願意『<u>擁馬橫戈</u>』、『<u>手梟逆賊清舊京</u>』。這就是陸游的特點，他不但寫愛國、憂國的情緒，並且聲明救國、衛國的膽量和決心。」與劉子翬比較：「試看陸游的一個例：『鴨綠桑乾盡漢天，傳烽自合過祁連。功名在子何殊我，惟恨無人快著鞭！』儘管他把自己擱後，口吻已經很含蓄溫和，然而明明在這一場英雄事業立準備有自己的份兒的。」與蘇舜欽、郭祥正、韓駒比較：「在北宋像蘇舜欽和郭祥正的詩裏，在南北宋之交像韓駒的詩裏，也偶然流露過這種『修我矛戈，與子同仇』、『誰知我亦輕生者』的氣魄和心情，可是從沒有人像陸游那樣把它發揮得淋漓酣暢。」陸游的詩裏甚至有杜甫缺少的境界：「愛國情緒飽和在陸游的整個生命裏，洋溢在他的全部作品裏；他看到一幅畫馬，碰見幾朵鮮花，聽了一聲雁唳，喝幾杯酒，寫幾行草書，都會惹起報國仇、雪國恥的心事，血液沸騰起來，而且這股熱潮衝出了他的白天清醒生活的邊界，還泛濫到他的夢境裏去。這也是在旁人的詩集裏找不到的。」

　　這一段評語從表面來看，完全是在讚歎陸游的愛國主義。但分析完以下兩個因素後，相信你的看法會有所改變：

　　第一，錢鍾書在小傳中例舉的傳達陸游愛國熱情的詩例，幾乎無一正式入選《宋詩選注》：

　　「慷慨欲忘身」──《感事》：「渭上晝昏吹戰塵，橫戈慷慨欲忘

身」(《劍南詩稿》卷三十四)、《暮春》:「自笑籌邊心尙在,憑高慷慨欲忘身」(《劍南詩稿》卷三十五)

「敢愛不貲身」——《客去追記坐間所言》「倘得此生重少壯,臨危敢愛不貲身」(《劍南詩稿》卷四十八)

「擁馬橫戈」——《秋懷》「何時擁馬橫戈去,聊爲君王護北平。」(《劍南詩稿》卷十八)

「手梟逆賊清舊京」——《長歌行》:「猶當出作李西平,手梟逆賊清舊京。」(《劍南詩稿》卷五)

「畫馬」——《龍眠畫馬》(參見錢鍾書自注十三,《劍南詩稿》卷五)

「碰見幾朵鮮花」——《白樂天詩云:「夜合花前日又西」,此花以五六月開山中,爲賦小詩》、《賞山園牡丹有感》(參見注十四,兩詩分別見《劍南詩稿》卷三十九、卷八十二)

「聽了一聲雁唳」——《冬夜聞雁有感》、《枕上偶成》、《聞新雁有感》(參見注十五:三詩分別見《劍南詩稿》卷十、卷三十三、卷七十八)

「喝幾杯酒」——《長歌行》、《江上對酒作》、《前有一樽酒》之二(參見注十六:三詩分別見《劍南詩稿》卷五、卷六、卷十)

「寫幾行草書」——《題醉中所作草書卷後》、《醉中作行草數紙》(參見注十七:兩詩分別見《劍南詩稿》卷七、卷二十一)

「夢境」——《九月十六夜夢駐軍河外》、《五月十一日夢從大駕親征》、《枕上述夢》、《紀夢》、《異夢》(參見注十八:五詩分見《劍南詩稿》卷四、卷十二、卷二十七、卷六十三、卷七十七)

除《五月十一日夢從大駕親征》外,錢鍾書在陸游小傳中提到的代表陸游愛國主義的例子,竟然無一入選《宋詩選注》。這也是一個容易被大家忽視的問題。但聯繫《談藝錄》第三七則中錢鍾書對愛國詩的分析,就顯得毫不奇怪了:

趙松雪《題杜陵浣花》:「江花江草詩千首,老盡平生

用世心」，可謂微婉。少陵「許身稷契」、「致君堯舜」，詩人例作大言，聞之固迂，而信之亦近愚矣。若其麻鞋赴闕，橡飯思君，則摯厚流露，非同矯飾。然有忠愛之忱者，未必具經濟之才，此不可不辨也。

放翁詩餘所喜誦，而有二癡事：好譽兒，好說夢。兒實庸才，夢太得意，已令人生倦矣。復有二官腔：好談匡救之略，心性之學；一則矜誕無當，一則酸腐可厭。……

放翁愛國詩中功名之念，勝於君國之思。鋪張排場，危事而易言之。舍臨歿二十八字，無多佳什，求如文集《書賈允傳後》一篇之平實者少矣。

在這一長段話中，錢鍾書首先從忠君愛國詩人的典範——杜甫入手，分析其愛國詩作中的兩種類型：一種是「大話」型的，不能信的——許身稷契」、「致君堯舜」；一種是真摯情感的流露——麻鞋赴闕，橡飯思君，重的是真摯的情感。隨後錢鍾書又補充：「然有忠愛之忱者，未必具經濟之才，此不可不辨也。意思就是保家衛國，光有有熱情不行，還得有能力才行。」隨後，錢鍾書舉了陸游的二癡事、二官腔，即好譽兒、好說夢、好談匡救之略、好談心性之學，可謂個個說到陸游的痛處。陸游的詩作中，大量地提到了要北伐，而且把北伐看的很簡單：

丈夫本意陋千古，殘虜何足膏碪斧。驛書馳報兒單于，直用毛錐驚殺汝。

——《醉中作行草數紙》

聖時未用征遼將，虛老龍門一少年。

——《建安遣興》第六首

老去據鞍猶矍鑠，君王何日伐遼東。

——《憶山南》

八十將軍能滅奴，白頭吾欲事功名。

——《冬夜不寐至四鼓起作此詩》

插羽軍書立談辦，如山鐵騎一麾空。

——《醉中戲作》

何日擁馬橫戈去，聊爲君王護北平。

　　　　　　　　　　　　　　——《秋懷》

安得鐵衣三萬騎，爲君王取舊山河。

　　　　　　　　　　　　　　——《縱筆》

白頭書生不可輕，不死令君看太平。

　　　　　　　　　　　　　　——《夜坐水次》

那當時的大局究竟如何呢？

袁桷《清容居士集》卷四十六《跋朱文公與辛稼軒手書》：「常聞先生盛年以恢復爲急，晚歲則曰：『用兵當在數十年後。』辛公開禧之際，亦曰：『更須二十年。』閱歷之深，老少議論，自有不同。」

談北伐，談用兵，有謀有略、有膽量、有手段、有實踐經驗的辛棄疾比起陸游來更有資格。深入過敵營、隻身擒縛叛將張安國、組建飛虎軍、上《美芹十論》的辛棄疾在開禧之際已經認識到北伐「更須二十年」。相比之下，對宋金雙方的力量對比的判斷，對整個大局的走向的認識上，陸游是比較幼稚的。所以清代詩人同時又是史學家的趙翼說：「放翁志恢復，動慕皋蘭塵。十詩九滅虜，一代書生豪。及開禧用兵，年已八十高。設令少十年，必親與戎韜。是役出必敗，輕舉千古嘲。公若在其間，亦當帶汁逃。」

有了這樣一個背景的分析，我們再來看上述陸游的一些愛國詩歌，確實有「鋪張排場，危事而易言之」的幼稚在裏面。同上，這一類「大言」而非眞情流露的作品，也沒有入選《宋詩選注》。

此外，錢鍾書還指出了陸游愛國詩中有「功名」之念較重的嫌疑，也就是說他的殺敵，他的報國，是帶有個人目的的，而非杜甫的純粹的「君國之思」。同樣，《宋詩選注》中也沒有給這部分愛國詩留空間。

小結

由於種種原因，陸游愛國詩的影響，已不僅僅侷限於文學批評領

域。我們對陸游的已有研究也有過分突出、過分強調了陸游的愛國，而忽視了陸游詩的其他方面。就是在陸游的「愛國詩」裏面——「愛國詩」也是近代興起來的一個批評術語，以往的批評者更多的講的是陸游詩的「忠憤」，而「忠憤」是否即等同於愛國還是有待商榷的——情況也是非常複雜的。

因此，筆者以爲從《談藝錄》到《宋詩選注》，錢鍾書對「愛國詩」的判斷標準沒有太大的起伏。而《宋詩選注‧陸游小傳》中論陸游愛國詩的部分，也只是述而無贊，更多的比較分析了陸與同時代詩人的不同。在選詩部分，也幾乎沒有給「好談匡救」「危事易言」「功名之念」這幾類的愛國詩留下位置。

錢鍾書對於陸游愛國詩的研究，是值得我們進一步深入下去的。對正式入選《宋詩選注》的三十二首陸游詩進行一下分析，也許會有助於我們更好的認識這一問題。

二、關於《宋詩選注》所選三十二首陸游詩

日本愛知大學中文系副教授三野豐浩撰寫的《關於〈宋詩選注〉所選的陸游詩》〔註30〕是筆者目前見到的唯一一篇對《宋詩選注》的選目進行研究的論文。這也從一個側面反映了日本學者發現問題的能力，三野豐浩的研究結論大致是令人信服的，同時筆者以爲還有挖掘的餘地，同時對於我們理解錢鍾書關於陸游愛國詩的研究也是有幫助的，所以在此特設一節，以便我們共同討論。

首先仍然是承第一部分的「愛國詩」分析。

《宋詩選注‧陸游小傳》已經概括出陸游詩歌內容的兩個方面：「一方面是悲憤激昂，要爲國家報仇雪恥，恢復喪失的疆土，解放淪陷的人民；一方面是閒適細膩，咀嚼出日常生活的深永的滋味，燙貼出當前景物的曲折的情狀。」

〔註30〕收於《紀念陸游誕辰880週年暨越中山水文化國際研討會論文集》（中國紹興2005年11月）。

就《宋詩選注》的三十二首詩來看，也大致反映了這一劃分。關於閒適的，可以明確的有十三首：《渡浮橋至南臺》、《遊山西村》、《劍門道中遇微雨》、《春殘》、《初發夷陵》、《小園》二首、《臨安春雨初霽》、《病起》、《沈園》二首、《初夏行平水道中》、《西村》。

剩餘的十九詩是值得我們去進一步去探討的，就其風格而言，呈多種風貌，也不能盡以「悲憤激昂」概之，更不能一概認為是「愛國詩」。

如《書憤》：

> 早歲那知世事艱，中原北望氣如山。樓船夜雪瓜洲渡，鐵馬秋風大散關。塞上長城空自許，鏡中衰鬢已先衰。出師一表真名世，千載誰堪伯仲間。

《書憤》一題在《劍南詩稿》中多次出現，都為七律，分別是：卷十七《書憤》（「早歲哪知世事艱」）、卷十八《書憤》（「清汴透迤貫舊京」）、卷三十五《書憤》（「白髮蕭蕭臥澤中」、「鏡裏流年兩鬢殘」）。其中，卷三十五的《書憤》二首，屬於在歷代各種選本中反覆出現的：

> 白髮蕭蕭臥澤中，只憑天地鑒孤忠。阨窮蘇武餐氈久，憂憤張巡嚼齒空。細雨春蕪上林苑，頹垣夜月洛陽宮。壯心未與年俱老，死去猶能作鬼雄。

> 鏡裏流年兩鬢殘，存心自許尚如丹。衰遲罷試戎衣窄，悲憤猶爭寶劍寒。遺戍十年臨滴博，壯圖萬里戰皋蘭。關河自古無窮事，誰料如今袖手看。

《劍南詩稿》卷三十五的這兩首《悲憤》，自方回《瀛奎律髓》卷三十二「忠憤類」選錄後，《御選唐宋詩醇》卷四十六選、姚鼐《今體詩抄》卷九錄「鏡裏流年兩鬢殘」、高步瀛《唐宋詩舉要》卷六即有「《書憤》二首錄一」，以至陳衍《宋詩精華錄》也只是在《劍南摘句圖》裏摘錄了「樓船夜雪瓜洲渡，匹馬秋風大散關」一聯，後附錄案語：「『樓船』一聯，惟《甌北詩話》引之，選宋詩者，皆未之及，異矣。」

　　《宋詩選注》的後記中有一段話：「一首詩是歷來選本都選進的，你若不選，就惹起是非；……所以老是那幾首詩在歷代和同時各種選本裏出現。評選者的懶惰或勢利，鞏固和擴大了作者的文名和詩名。」

　　錢鍾書沒有選錄卷三十五的兩首《書憤》而選擇了這首《書憤》，即可視爲是對以往評選者的一種批評。

　　而從詩歌的內容來看，三首《書憤》都確實有一種「憤懣」在詩間，但後兩首表現得比較直——「壯心未與年俱老，死去猶能作鬼雄」、「悲憤猶爭寶劍寒」、「壯圖萬里戰臯蘭」等話語的選擇，顯然都超出了一位書生的話語範圍，犯了錢鍾書批評陸游的「大話」的毛病，而從藝術表現來看，《宋詩選注》所選一首在藝術表現上更勝一籌：後兩首的「憂憤張巡嚼齒空」、「悲憤猶爭寶劍寒」、「誰料如今袖手看」那種無地請纓的鬱悶、憤怒溢於言表。而《書憤‧早歲那知世事艱》的「憤」表達得非常曲折，若不是細細體會，你可能對他的「憤」會忽略過去。而「樓船夜雪瓜洲渡，鐵馬秋風大散關。」一聯確實有其獨到之處，首先是將「瓜洲渡」與「大散關」對得非常巧，這本就是陸游的拿手好戲，同時分別修飾以「樓船夜雪」、「鐵馬秋風」讓人從本地風光自然聯想起兩地的戰爭。

　　所以，以《書憤》爲例，我們也可看出錢鍾書在選陸游詩的時候做的「努力」——當時陸游是愛國詩人中的典範——而戰爭與愛國是靠得最近的，所以我們可以發覺《宋詩選注》陸游部分的戰爭詩特別多，恐怕這也是一個原因。但這類詩中，錢鍾書還是堅持了一個藝術的標準，比如，說夢詩是錢鍾書在《談藝錄》中明確批評過的「二癡事」之一，但《宋詩選注》中還是出現了很多「紀夢」詩，其中還是有藝術性較好的作品，也有是以情動人的如所選的第二十三首《十一月四日風雨大作》：

　　　　僵臥孤村不自哀，尚思爲國戌輪臺。夜闌臥聽風吹雨，
　　鐵馬冰河入夢來。

　　《宋詩選注‧陸游小傳》中說「像他自己那種獨開生面的，具有英雄氣概的愛國詩歌，也是到西北去參預軍機以後開始寫的，第一首就是下面選的《山南行》。」

　　但我們看一下《山南行》：

> 我行山南已三日，如繩大路東西出。平川沃野望不盡，麥隴青青桑鬱鬱。地近函秦氣俗豪，秋韆蹴鞠分朋曹。首宿連雲馬蹄健，楊柳夾道車聲高。古來歷歷興亡處，舉目山川尚如故。將軍壇上冷雲底，丞相祠前春日暮。國家四紀失中原，師出江淮未易吞。會看金鼓從天下，卻用關中作本根。

　　大致是描述山形所見所感，算不得「悲憤激昂」，與此相類似的還有《大風登城》、《夏夜不寐有賦》、《秋聲》等。

　　又如《溪上作》：

> 傴僂溪頭白髮翁，暮年心事一枝筇。山銜落日青橫野，鴉起平沙黑蔽空。天下可憂非一事，書生無地效孤忠。東山七月猶觀念，未忍浮沉酒錢中。

　　詩中更多的是體現了儒家的憂君憂世的思想，整首詩的基調也是略顯沉鬱而非激昂。

　　還有一類風格屬激昂豪放，但和愛國似乎沒有太大關聯的，如《醉歌》：

> 百騎河灘獵盛秋，至今血漬短貂裘。誰知老臥江湖上，猶枕當年虎髑髏。

　　三野豐浩的《關於〈宋詩選注〉所選的陸游詩》認為「錢鍾書先生在《宋詩選注》陸游小傳中指出，陸游作品的內容主要有『悲憤激昂』和『閒適細膩』這兩個方面。仔細來看，在《宋詩選注》所選的陸游作品裏，悲憤的作品較多，閒適的作品較少。這很可能是時代背景的影響所致。因為這本書成立的年代正值「反右」時期，所以被選錄的作品都帶有比較濃厚的政治色彩。但是，時至今日，這本書依然具有一定的參考價值。」

　　從入選《宋詩選注》的三十二首陸游詩來看，明顯是「閒適細膩」風格的詩歌約佔了三分之一，但剩餘的十九首詩的風格，也並非一個「悲憤激昂」所能概括。同時三野豐浩也談到了《宋詩選注》的創作年代的問題，認為「被選錄的作品都帶有比較濃厚的政治色彩」，這就只看到了問題的表面，沒有看到錢鍾書在這類詩歌的選錄上下了更大的工夫，一方面，《宋詩選注》確實得順應當時的政治氣壓，突出陸游詩歌的愛國主義，但同樣在愛國詩中，錢鍾書還堅持了藝術成就高者優先的策略。當然，從整個三十二首詩歌來看，「愛國詩」的比例還是多了點，這也是毋庸諱言的。

　　我們再來談論這三十二首詩歌的第二個方面：

　　一、《渡浮橋至南臺》（七律，《劍南詩稿》卷一）

　　寫於高宗紹興二十九年（1159），在福州任上，陸游時年35歲。

　　二、《遊山西村》（七律，《劍南詩稿》卷一）

　　寫於孝宗乾道三年（1167），山陰，43歲。

　　三、《山南行》（七古，《劍南詩稿》卷三）

　　寫於孝宗乾道八年（1172），南鄭，48歲。

　　四、《劍門道中遇微雨》（七絕，《劍南詩稿》卷三）

　　寫於孝宗乾道八年（1172），南鄭赴成都途中，48歲。

　　五、《九月十六日夜夢駐軍河外，遣使招降諸城，覺而有作》（七古，《劍南詩稿》卷四》）

　　寫於孝宗乾道九年（1173），在嘉州任上，49歲。

　　六、《秋聲》（七古，《劍南詩稿》卷五）

　　寫於孝宗淳熙元年（1174），蜀州任上，50歲。

　　七、《春殘》（七律，《劍南詩稿》卷七）

　　寫於孝宗淳熙三年（1176）年，成都，52歲。

　　八、《夜寒》（七絕，二首選一，《劍南詩稿》卷九）

　　寫於孝宗淳熙四年（1177），成都，53歲。

　　九、《大風登城》（七古，《劍南詩稿》卷九）

寫於孝宗淳熙四年（1177），成都，53 歲。

十、《初發夷陵》（七律，《劍南詩稿》卷十）

寫於孝宗淳熙五年（1178），夷陵，54 歲。

十一、《夏夜不寐有賦》（七古，《劍南詩稿》卷十一）

寫於孝宗淳熙六年（1179），建安，55 歲。

十二、《五月十一日夜且半，夢從大駕親征，盡復漢唐故地，見城邑人物繁麗，云西涼府也，喜甚馬上做長句，未終篇而覺，乃足成之》（七古，《劍南詩稿》卷十二）

寫於孝宗淳熙七年（1180），撫州，56 歲。

十三、十四、《小園》（四選二：「小園煙草接鄰家」、「村南村北鵓鳩聲」）（七絕，《劍南詩稿》卷十三）

寫於孝宗淳熙八年（1181），山陰，57 歲。

十五、《臨安春雨初霽》（七律，《劍南詩稿》卷十七）

寫於孝宗淳熙十三年（1186），臨安，62 歲。

這是膾炙人口的名篇，元人方回《瀛奎律髓》卷十七「晴雨類」收錄，清人厲鶚《宋詩紀事》卷五十三也收錄了此詩。

十六、《病起》（七律，《劍南詩稿》卷十七）

寫於孝宗淳熙十二年（1185），山陰，61 歲。

十七、《書憤》（七律，《劍南詩稿》卷十七）（「早歲哪知世事艱」）

寫於孝宗淳熙十三年（1186），山陰，62 歲。

十八、十九、《雪中忽起從戎之興戲作》（七絕，四首選二：「鐵馬渡河風破肉」、「群胡束手仗天亡」，《劍南詩稿》卷十八）

寫於孝宗淳熙十三年（1186），嚴州任上，62 歲。

二十、《冬夜聞角聲》（七絕二首選一：「嫋嫋清笳入雪雲」，《劍南詩稿》卷十九）

寫於孝宗淳熙十四年（1187），63 歲，嚴州任上。

這一年冬天，陸游在嚴州出版了二十卷本《劍南詩稿》。日本代

表性的陸游研究專家村上哲見認為，它大概相當於八十五卷本《劍南詩稿》的卷一到卷十九（參見村上哲見先生的論文〈陸游〈劍南詩稿〉的構成與其成立過程〉（1994 年 3 月，汲古書社出版《中國文人論》所收，原文為日語）

　　二十一、二十二、《秋夜將曉，出籬門迎涼有感》二首（七絕，《劍南詩稿》卷二十五）

　　寫於光宗紹熙三年（1192），山陰，68 歲。

　　二十三、《十一月四日風雨大作》其二（七絕，二首選一，《劍南詩稿》卷二十六）

　　寫於光宗紹熙三年（1192），山陰，68 歲。

　　二十四、二十五、《沈園》二首（七絕，《劍南詩稿》卷三十八）

　　寫於寧宗慶元五年（1199），山陰，75 歲。

　　二十六、《溪上作》二首選一（七律，《劍南詩稿》卷二十八）

　　寫於光宗紹熙四年（1193），山陰，69 歲。

　　二十七、《初夏行平水道中》（七律，《劍南詩稿》卷三十二）

　　寫於寧宗慶元元年（1195），山陰，71 歲。

　　二十八、《西村》（七律，《劍南詩稿》卷四十六）

　　寫於寧宗嘉泰元年（1201），山陰，77 歲。

　　二十九、三十、《追憶征西幕中舊事》其一、其二（七絕，四首選二：「大散關頭北望秦」、「小獵南山雪未消」，《劍南詩稿》卷四十八）

　　寫於寧宗嘉泰元年（1201），山陰，77 歲。

　　三十一、《醉歌》其二（七絕，二首選一「百騎河灘獵盛秋」，《劍南詩稿》卷六十九）

　　寫於寧宗開禧二年（1206），山陰，82 歲。

　　三十二、《示兒》（七絕、《劍南詩稿》卷八十五）

　　寫於寧宗嘉定二年（1209），山陰，85 歲。

關於陸游作品的分期，有兩個關節點是大家都公認的，一是入蜀，一是嚴州刪詩。朱東潤《陸游作品的分期》將陸游詩歌創作分爲三個階段，初期「少時至乾道六年（1170）陸游四十六歲到夔州的前夕爲止。陸游詩歌創作的第二階段（中期）爲「自到達夔州至淳熙十六年（1189）陸游六十五歲被劾罷官爲止。」朱東潤先生說，陸游是個創作的第三階段（後期）爲「自六十五歲罷歸山陰至嘉定二年（1209）陸游逝世爲止。這與前人對陸游詩歌分期的認識是大致一致的。而關於這三個階段的詩歌創作風格，清趙翼在《甌北詩話》中歸納爲：「放翁詩凡三變」，即少工藻繪，中務宏肆，晚造平淡。陸早年師從曾幾、私淑呂本中學習江西詩法，現入蜀前詩僅存百餘首，中期存詩 2500 餘首，成就最顯，是典型的放翁詩風的代表，也是詩稿中最精華有特色的部分，可代表陸游詩創作的高峰，晚年退居山陰，創作最豐，存詩達 6600 多首，創作重心有所遷移。

從《宋詩選注》的三十二首陸游詩看，大致體現了這種劃分，前期 2 首，中期 18 首，晚期 12 首。「通過瀏覽這些作品，讀者可以瞭解陸遊人生道路的概略和他人生各個階段的代表作。」

當然，具體作品在《宋詩選注》的排列上並未嚴格的按照時間順序，如第二十四首、二十五首、二十六首、二十七首的創作順序上有些混亂，這些問題，細心的三野豐浩都已經指出，同時他也看到了這三十二首詩歌中體律上的選擇傾向：選了七古、七律、七絕，沒有五言詩作。三野先生沒有就此進一步進行探討，其實這裡面還包含了錢鍾書對陸游各體詩歌創作成就的一個評價，七言勝五言；七言中，七古不如七律，七律不如七絕。

這是與以往任何一位詩歌批評家的結論都不同的。

《瀛奎律髓》是專選律詩的一部唐宋詩歌總集，共收入唐宋詩人 376 家，律詩 2992 首，其中選陸游的律詩多達 188 首，遠遠超過「三宗」（黃庭堅 35 首、陳師道 111 首，陳與義 68 首），可以看出方回對陸游律詩的肯定。

再看一下詩評家們的意見：

清人陳訏評曰：「放翁一生精力，盡於七律，故全集所載，最多最佳。」(《宋十五家詩選》)

沈德潛也盛讚：「放翁七言律，隊仗之整，使事熨貼，當時無與比埒。」(《說詩晬語》卷下)

舒位則把杜甫、李商隱、陸游並論：「嘗謂七律至杜少陵而始盛且備，為一變；李義山瓣香於杜而易其面目，為一變；至宋陸放翁專工此體，而集其成，為一變；凡三變，而他家之為是體者，不能出其範圍矣。」(《瓶水齋詩話》)

宋長白的《柳亭詩話》說：「渭南全集畢竟以七律擅長，遠撮錢、劉之標，近萃蘇黃之勝。」

王士禛《池北偶談》：「《中州集》中，如劉迎無黨之歌行，李汾長源之七律，皆不減唐人及北宋大家。南宋自陸務觀外，無其匹敵。」

但錢鍾書在《宋詩選注》中，把更多的空間給了陸游的七絕，無疑是在暗示他對以往諸多評論家的一種挑戰。其實，錢鍾書認為陸游的七絕的成就超過七律當然不是一種簡單的意氣用事，或者僅僅是為了標新而故意這樣做的。〔註31〕這應該與他在《談藝錄》中對陸詩的評價緊密相連的。

《談藝錄》中對陸游詩歌在藝術上的批評主要集中在以下三點：一是流易工麗，不免輕滑之病〔註32〕；一是詩歌創作中有蹈襲前賢之嫌〔註33〕；一是詩歌意境少變化，多重複〔註34〕。這些毛病主要出現

〔註31〕陳衍《石遺室詩話》卷二十七云：劍南七絕，宋人中最占上峰，此首又其最上峰者，直摩唐賢之壘。(評《劍門道中遇微雨》)
〔註32〕參見《談藝錄》第三二則「放翁與宛陵」。
〔註33〕參觀《談藝錄》第三三則「放翁詩」：「放翁比偶組運之妙，冠冕兩宋。《四六話》論隸事有『伐山語、伐材語』之別；放翁詩中，美具難並，然亦不無蹈襲之嫌者。」
〔註34〕參見《談藝錄》第三五則「放翁詩詞意復出議論違牾」：「放翁多問為富，而意境實少變化。古來大家，心思句法，復出重見，無如渠之多者。」

在陸游的七言律詩中。

如蹈襲前賢的例證來看，從《談藝錄》（84版補訂本）118頁至120頁舉了十四聯，它們的出處分別爲《寓驛舍》、《望永阜陵》、《春近山中即事》、《春日》絕句、《江樓醉中作》、《溪上避暑》、《遊近村》、《遣興》、《寓蓬萊館》、《獨登東巖》、《遊修覺寺》、《遊山西村》、《讀胡基仲舊詩有感》、《恩封渭南伯》。其中，除《春日》爲七言絕句、《寓蓬萊館》爲五言律詩外，其他都是七言律詩。

如從意境多重複的例證來看，《談藝錄》126頁至127頁舉的例子更多，其中七律更是佔了絕對數量，如《閬中作》、《小圃獨酌》、《病中簡仲彌性等》、《寒食》、《秋日懷東湖》、《晚興》、《風雨夜坐》、《小疾謝客》、《讀書》、《小築》、《戲書燕幾》、《小園花盛開》、《春行》、《聞鐘》、《書室明暖》、《戲遣老懷》、《試茶》、《哀孤獨生》、《出遊歸鞍上口占》、《寄二子》、《舍北溪上垂釣》、《幽居述事》、《雨夜歎》、《客去追記》、《舟中作》、《幽居夏日》、《新歲頗健》、《養生》等等，皆爲七律。

對於陸游七言律詩中的這些缺點，錢鍾書的認識應該是比較全面的。所以在爲《宋詩選注》選詩時，他將七律的數量控制在了第二，這是一個小小的變化，但這小小的變化中，應該包含了他對陸游詩歌藝術成就的判斷。

我們再來看看歷史上的其他一些宋詩選本對陸游詩歌的選錄情況。

（一）《瀛奎律髓》的陸游詩選錄

方回的《瀛奎律髓》收錄陸游五七言律詩共188首。

筆者以爲，其可貴處在評而非在選。方回選陸詩，有兩個特點，一是重陸游歸山陰後的作品，《瀛奎律髓》中的陸游晚年詩作超過半數，這與我們對陸游詩歌成就的判斷明顯不同。二是重「閒適」、輕陸游詩風中的豪邁激昂類作品。其中「春日類」、「夏日類」「秋日類」、「冬日類」「梅花類」的選詩將近佔了半數。這一點，清代的紀

昀在第三十二卷「忠憤類」所選陸游的《書憤》詩後留下了這樣的批語：

> 此種詩是放翁不可磨處。集中有此，如屋有柱，如人有骨。如全集皆『石硯不容留宿墨，瓦瓶隨意插新花』句，則放翁不足重矣。何選放翁詩者，所取乃在彼也？

（二）《宋詩鈔》的陸游詩選錄

《宋詩鈔》初集 106 卷，吳之振、呂留良、吳自牧合編，爲清代第一部大型宋詩總集，共選抄 84 位宋代詩人的 12000 餘首詩作，後之選宋詩者都以此爲淵藪。該書抄陸游詩的特點如下：

第一數量多，且前後均衡。《宋詩鈔》共鈔陸游詩 971 首，居宋代詩人之首。遠遠超過第二位的蘇軾的 461 首。

第二，對陸游詩的選目上，編選者與前人有所不同。明人尊唐之風頗濃，選宋詩遠離於宋而近唐調，不能看清宋詩的獨到之處。如明代李蓘的《宋藝圃集》（選 288 人 2000 餘首詩）、曹學佺《石倉歷代詩選》（其中宋詩 107 卷）即以唐詩爲標準，吳之振《宋詩鈔序》對此已有批評。

《宋詩鈔》在清代的影響非常大，宋犖《漫堂說詩》載：「近二十年來，乃專尚宋詩，至余友吳孟舉《宋詩鈔》出，幾於家有其書矣。」與此相應，該書大量抄選陸游詩，對宣傳陸游詩，擴大陸游詩在讀者中的影響所起的作用至關重大。

（三）《宋詩別裁集》的陸游詩選錄

原名《宋詩百一鈔》，清人張景星、姚培謙、王永祺合編。這是一本獨立的宋詩選本，體律上包括了古詩、近體詩，選了宋代 137 名詩人的 645 首詩，傅王露的序中提到「鈔名百一，蓋謂嘗鼎一臠，窺豹一斑，亦可見宋詩宗派云爾」，就所選的陸游詩來看，編選者對陸游詩的重視是不用置疑的。

《宋詩別裁集》共選了陸游詩 54 首，僅次於蘇軾的 63 首。其中五古 4 首、七古 10 首，五律 3 首，七律 14 首，五言排律 3 首，五絕

5 首，七絕 15 首。各體分布是比較勻稱的，看出作者對陸游七言詩創作成就的肯定。但對陸游詩歌創作題材的選錄上，重「閒適」一類，如七絕中《次韻周輔道中》、《花時遍遊諸家園》（四首）、《梨花》（二首）、《春遊絕句》、《舍北望水鄉風物戲作絕句》、《三峽歌》二首、《題拓本姜楚公鷹》、《秋思》等無一不是閒適類；而《楚城》寫到了屈原，也只是一種悲哀，《夜讀呂化光文章拋盡愛功名之句戲作》寫到了功名，卻與殺敵完全沒有關係。

　　陸游的《示兒》等詩的落選無疑又是一重大的暗示，也許這也是乾隆時期學術風氣的一面鏡子，只是年代更久遠，更模糊。

（四）《近體詩抄》的陸游詩選錄

　　《今體詩鈔》18 卷，姚鼐編，其主要目的是補王士禎《古詩選》未收的今體〔註35〕。全書分兩集，首集 9 卷專選唐五律 552 首，後集 9 卷選唐七律 226 首，宋七律 174 首。入選的陸游七律爲 87 首，佔了宋代部分的一半〔註36〕。這是一種非正常的重視，其原因還有待進一步探討。當然這也是陸游詩歌接受史上值得探討的一個問題。

　　從入選的 87 首七律來看，姚鼐還是下了工夫選錄的，這一點從他與前人作品的比較，與後代作品的比較中可以看出。方東樹《昭昧詹言》評點陸游的七律，選詩幾乎全出此書，僅略有減少，而在民國時期影響較大的高步瀛的《唐宋詩舉要》卷六收了陸游的七律詩十首：《黃洲》、《寒食》、《南定樓遇急雨》、《六月十四日宿東林寺》、《登賞心亭》、《夜登千峰榭》、《冬夜讀書忽聞雞唱》、《書憤》（二首錄一）、《後寓歎》、《枕上作》。其中除《冬夜讀書忽聞雞唱》，其餘九首全落在《今體詩鈔》範圍內。

〔註35〕參見《五七言今體詩鈔序目》：「或請爲補漁洋之缺編，因取唐以來詩人之作採錄論之，分爲二集十八卷，以盡漁洋之遺志。」
〔註36〕其他入選作品較多的宋代詩人爲蘇軾（31 首）、黃庭堅（25 首），而陳師道僅四首，陳與義、楊萬里更只有一首詩入選，這也是一個值得注意的現象。

（五）《宋詩精華錄》

《宋詩精華錄》4 卷，陳衍選評。全書將宋詩劃分爲初宋、盛宋、中宋、晚宋四期每期各一卷，凡選錄 129 位詩人，688 首詩作。陸游的詩選了 54 首，除五律外，各體都有入選，其中五古 2 首、七古 4 首、七律 24 首、五絕 1 首、七絕 23 首，也可看出陳衍對陸游七言近體詩的推崇〔註 37〕。又詩末附《劍南摘句圖》，選錄陸詩名句 13聯，在選本中實屬首創。

《宋詩精華錄》作爲最後一部清人所編的宋詩選本，起著承前啓後的作用，它的編選體例，一改以往的按體裁分布，而按詩歌自身發展順序來排列，這是一種文學史觀念影響下的一種詩歌選編形式，開啓了近代詩歌選本的新的形式。

此外，眾所周知陳衍與錢鍾書有著亦師亦友的親密關係，陳衍的一些詩學觀點，無疑會影響到錢鍾書，而錢鍾書在選編《宋詩選注》時，一定也時刻以陳衍的這部《宋詩精華錄》爲假想敵。

從陸游這一點上來看，對陸游的詩歌中七律、七絕的創作成就的肯定是一致的。但在七古上，陳衍只選了 4 首，占的比例是相當低的，而錢鍾書的《宋詩選注》在全部 32 首陸游詩中，選了 7 首七古，這不是一個標新立異的問題，而是有錢鍾書自己的藝術判斷標準在其中。〔註 38〕

〔註 37〕《示兒》詩後附有按語：劍南最工七言律、七言絕句，略分三種：雄健者不空，雋異者不澀，新穎者不纖。古體詩次之，五言律又次之。七言律斷句，美不勝收。

〔註 38〕《談藝錄》第三四則「放翁與中晚唐詩人」中錢鍾書對陸游七古的一個評價——「《後村詩話》云：『誠齋天分似太白，放翁學力似少陵』，比擬尚非不倫。然放翁頗欲以『學力』爲太白飛仙語，每對酒當歌，豪放飄逸，若《池上醉歌》、《對酒歌》、《飲酒》、《日出入行》等篇，雖微失之易盡，如桓武之於劉越石，不無眼小面薄聲雌行短之恨，而有宋一代中，要爲學太白最似者，永叔、無咎，有所不逮。同時劉改之《龍川集》中七古，亦多此體，儜野粗獷，信似京東學究飲私酒、食瘴死牛肉，醉飽後所發，與放翁雅俗相去，不可以道里計矣。」以爲陸游的七古是兩宋學李白學得最似者。

在這樣一個簡單的回顧後，我們再回到錢鍾書《宋詩選注》所選的 32 首陸游詩，我們不得不佩服他所做的努力。在《宋詩選注》的序言中，錢鍾書說過這樣一段：

> 在一切詩選裏，老是小家佔便宜，那些總共不過保存了幾首的小家更占盡了便宜，因爲他們只有這點點好東西，可以一股腦兒陳列在櫥窗裏，讀者看了會無限神往，不知道他們的樣品就是他們的全部家當。大作家就不然了。在一部總集性質的選本裏，我們希望對大詩人能夠選到「嘗一滴水知道大海味」的程度，只擔心選擇不當，弄得彷彿要求讀者從一塊磚上看出萬里長城的形勢！

陸游無疑是大作家，《劍南詩稿》將近有萬首詩，所以他的詩歌的選錄難度是可想而知的。《宋詩選注》的 32 首陸游詩中，早、中、晚期各有作品入選；在詩歌體裁上，完全放棄了五言，七言中提高了七古的比例，選錄了更多的七絕，而非以往詩評家都一致推崇的七律；在內容風格上的選擇上，雖然受當時政治氣壓的影響，選了十三首「閒適」類作品，這是冒著很大的政治風險的，而在入選較多「悲憤激昂」類作品中，錢鍾書打了「愛國主義」的擦邊球，盡可能地堅持了藝術的準則。

從整個《劍南詩稿》所收錄的九千一百多首陸游詩來看，三十二首只是其中很小一部分，但是，陸游最具代表性的作品大都被收錄其中，可以說是一部很好的「陸游小詩集」。

附錄：《容安館札記》第 616 則（卷二，第 1102 頁）《劍南詩稿》八十五卷、《逸稿》。（此則鄧子勉師兄整理）

《後村大全集》卷九十九《跋仲弟詩》曰：「昔梅聖俞日課一詩，余爲方孚若作行狀，其家以陸放翁手稿潤筆，題其前云：七月十一日至九月二十九日，計七十八日，得詩百首。陸之日課尤勤於梅」云云，蓋篇什多，則語意易複，故如蜀葵之動人嫌，亦如桃原再到，已成市井。隆無譽《寧靈消食錄》卷四謂放翁詩如梨園演劇，裝抹日異，細

看多是舊人。眞妙喻也。

余《談藝錄》中論放翁詩甚詳，今偶披尋，頗少勝義，稍附益一二事。如鵬鶴之對，已見康節《首尾吟》，倚樓、驚座之對，已見陳鄂父東薛仲藏詩，鄰僧米、坐客氈之對，已見張文潛《寄陳鼎詩》，此類散見第四百三十則、第二百九十則、第五百九十八則等者，皆不復贅。

眉批 p1101：《古歡堂雜著》卷二云：「南渡諸詩亦似晚唐，已後格卑氣弱，非復東都之舊矣。陸務觀挺生其間，祓濯振拔，自成一家，眞未易才。七言古詩登杜、韓之堂，入蘇、黃之室，雖功力不敵前人，亦一傑構。」五言律「意摹香山，取材甚廣，作態更妍」，七言律「取料寄興，無不令人解頤」，「七言絕句有數種」（歷舉，而未言所以。）

又眉批：放翁「功名在子何殊我，惟恨無人快著鞭」（按《劍南詩稿》卷五十八《書事》），杜詩《大雨》云：「四鄰未耜出，何必吾家操。」書曰：人之有技，若己有之。佛者曰：收此身心奉塵刹。

又眉批：放翁《聞蛙》詩：「雖成兩部樂，恨失一編書。」與魯直「幾兩屐」、「五車書」略同機杼。

又眉批：放翁《採蓮》絕句：「風鬟霧鬢歸來晚，忘卻荷花記得愁。」本《方澤阻風》之「與君盡日閒臨水，貪看飛花忘卻愁」，唐人之「折得荷花渾忘卻，空將荷葉蓋頭歸」。（《愛日齋叢抄》卷三）

又眉批：卷一《出縣》：「歸計未成留亦得，愁腸不用遶吳門。」按此用《三國志》卷一裴注引《吳書》云：「母懷姙〔孫〕堅，夢腸出遶吳昌門。」而得之荊公《江東召歸》七絕（卷四十五）所謂「歸腸一夜遶鍾山」者，《後村大全集》卷一七四譏雁湖注未知荊公句出處，放翁蓋默識之矣。《初學集》卷十二《獄中雜詩》第十六首：「美酒經時澆漢獄，愁腸終夜遶吳門。」曾王注僅引放翁詩。（眉批 p1102）《樊榭山房集》卷七《自石湖至橫塘》第二首：「爲愛橫塘名字好，夢腸他日遶吳門。」係用放翁句。

旁批 p1101：《昭味詹言》卷一謂放翁學坡而不能變，如空同學杜。又謂放翁多客氣假象，自家卻有面目，然不能出坡境界。《續錄》卷二謂不能古文，不能作古詩，此放翁所以不可人意也，猶是粗才云云，皆妄語也，姑錄之。

眉批 p1102：放翁《次韻張季長梅詩》，季長名演，原詩見《愛日齋叢抄》卷三。

又眉批：又見七百四則、七百五則。

又眉批：周南《山房集》卷八「雜記」云：「陸放翁作《南唐書》文采傑然，大得史法。予嘗扣放翁，曷不傳徐騎省？放翁笑而不對。然騎省卒於國朝，放翁不爲無說也。」又論姚平仲未死之說，誦放翁詩。

又眉批：二百二十二則、二百二十七則、二百九十五則、四百五十六則、四百五十八則、又第四百八十八則、四百九十六則、五百二十八則皆有論放翁詩處。

地腳批 p1102：吳景旭《歷代詩話》卷六十一：南渡以後范、陸兩家爲冠，范易看而難入，陸難擇而易躭。

旁批：《全浙詩話》卷十五載五（王？）草堂放翁詩選序及凡例，斥其用禪語、用助詞，上三字下四字對仗，及眞率句，蓋詩識甚陋迂者。

又旁批：《學齋占畢》卷三駁《老學庵筆記》論灰酒誤解陸龜蒙《初冬絕句》「酒滴灰香似去年」之語，因謂此老精於詩而不善觀詩，何哉？

又旁批：諸襄七《絳跗閣詩集》卷五《讀劍南詩集》：「乍閱頗易之，一日一寸並。如人飲甘酒，酒盡無醉醒。又如覽平山，山盡無嶒嶸。千萬間廣廈，古百里連營。漸老出鍛鍊，希聲發韻誙。悠然正始餘，鐵中見錚錚。」

（又 p1102）卷二《秋晴欲出城以事不果》：「南窗病起亦蕭散，甚欲往探城西梅。一官底處不敗意，正用此時持事來。」按卷八《新

津小宴之明日欲遊修覺寺以雨不果》云:「不如意事十八九,政用此時風雨來。」《藏海詩話》曰:「『北嶺〔山〕巀取次開,清風正用此時來。平生習氣難料理,愛著幽香未擬回。』此山谷詩,學者云:『自公退食入僧定,心與篆香俱寒灰。小兒了不解人意,正用此時持事來。』子蒼極稱其妙。」(眉批:《內集》卷十九《戲詠高節亭邊山巀花》第二首、第三首本《東觀漢記》第二十三)(夾批:黃公度《己亥雜詩》第二首仿之,見第六百四十八則。)據《瀛奎律髓》卷二十五曾茶山《張子公召飲靈感院》詩,方批知學者絕句乃茶山作,今本《茶山集》未收(參觀第四百三十九則)放翁正用師法耳。《聲畫集》卷二徐師川《饒守董尚書令畫史繪釋迦出山相及維摩居士作此寄之》云:「捷書政用此時來,開顏政爾難忘酒。」蓋江西社中套法。昌黎《柳巷》:「吏人休報事,公作送春詩。」可參觀。

(又)卷三《劍門道中遇微雨》:「此身合是詩人未,細雨騎驢入劍門。」按卷十《岳陽樓再賦一絕》云:「不向岳陽樓上望,定知未可作詩人。」《秋崖先生小稿》卷三《道中即事》云:「喚作詩人看得未,兩抬笠雪一肩輿。」本類之。

(又 p1103)卷十《漁翁》:「江頭漁家結茆廬,青山當門畫不如。恨渠生來不讀書,江山如此一句無。」按簡齋《將至杉木鋪望野人居》云:「春風漠漠野人居,若使能詩我不如。」放翁自此化出。卷六十二《乙丑夏秋之交小舟早夜往來湖中戲成絕句》十一:「秋來湖闊渺無津,旋結漁舟作四鄰。滿眼是詩渠不領,可憐虛作水雲身。」韓冬郎《冬日》云:「景狀入詩兼入畫,言情不盡恨無才。」〈見花〉云:「欲詠無才是所悲。」呂晚村《萬感集》《見釣者》云:「我來行吟一問之,太息老漁不解詩。我向君身覓佳句,君坐詩中自不知。」亦隱用厥意。

卷十《頭陀寺觀王簡棲碑有感》:「世遠空驚閱陵谷,文浮未可敵江山。老僧西逝新成塔,舊守東歸正掩關。」按「文浮」句是宋人薄齊梁常態,詳見《入蜀記》八月二十六日謂爲駢儷卑弱,「讀不能終

篇已坐睡。魯直詩唯有簡棲碑文章巋然立，蓋戲之也。」「老僧」一聯自東坡《和子由澠池懷舊》之「老僧已死成新塔，壞壁無由覓舊題」脫胎。

（又）卷十二《晝臥聞百舌》：「閉眼不作華胥計，說與春鳥自在啼。」按卷十四《春曉有感》云：「年來只有追歡夢，百舌無情又喚回。」按「打起黃鶯兒，莫教枝上啼」、「爲道先生春睡美，道人輕打五更鐘」、「寄語鄰雞莫驚曉，尚容殘夢到江南」，詩家科白也。

卷十二《乾道初予自臨川歸鍾陵宿戰平風雨終夕今復以雨中宿戰平悵然感懷》：「故人已作山頭土，倦客猶郵陌上塵。」按卷十五《予作石門瀑布圖今二十有四年開圖感歎作》：「懸知久作此山土，愁對畫圖秋雨中。」卷三十八《沈園》云：「此身行作稽山土，猶弔遺蹤一泫然。」卷六十五《十二月二日夜夢遊沈氏園亭》（二）：「玉骨久成泉下土，墨痕猶鎖壁間塵。」卷七十六《春遊》：「也信美人終作土，不堪幽夢大匆匆。」《隱居通議》卷十一曰：「荊公《題永慶寺竂遺墨後》云：『遺骸豈久人間世，故有情鍾未可忘。』陸放翁《題沈園》云云，二詩皆懷舊感愴之意，而陸失之露。」竊謂不然，陸作實勝王作。《石林詩話》卷上載李邦直《題江干初雪圖》云：「此身何補一毫芒，三辱清時政事堂。病骨未爲山下土，尚尋遺墨話興亡。」放翁詩機杼本此。又按《齊東野語》卷一記放翁釵頭鳳事引《沈園》二絕，《禹跡寺南有沈氏小園》七律（卷二十五）、《十二月二日夜夢遊沈氏園亭》二絕（卷六十五），而未引卷六十八《城南》云：「城南亭榭鎖閒坊，孤鶴歸飛只自傷。塵漬苔侵數行墨，爾來誰爲拂頹牆？」又按記放翁此事最早者《耆舊續聞》卷十云：弱冠客會稽，遊許氏園，見壁間放翁題《釵頭鳳》詞云，書於沈氏園，辛未三月題。放翁先室內琴瑟甚和，然不當母夫人意，因出之。適南班士名某，家有園館之勝。務觀一日至園中，去婦聞之，遣遺黃封酒果饌，公感賦此詞，婦見而和，有「世情惡，人情薄」語，園後更許氏。《後村大全集》卷一百七十八云：「放翁少時，二親教督甚嚴。初婚某氏，伉儷

相得。二親恐其惰於學也，數譴婦。放翁不敢逆尊者意，與婦訣。某氏改事某官，與陸氏有中外。一日，通家於沈園，目成而已。」「舊讀《沈園》詩，不解其意。後見曾溫伯黯言其詳，溫伯，茶山孫，受學於放翁。」後村記載前於公謹。《劍南詩稿》卷五十一有《贈曾溫伯邢德允》七律。

眉批 p1103：卷一《送仲高兄宮學秩滿赴行在》：「兄去遊東閣，才堪直北扉。莫憂持橐晚，姑記乞身歸。道義無今古，功名有是非。臨分出苦語，不敢計從違。」按《梅磵詩話》卷中云仲高「得詩不悅。後放翁入〔朝〕，仲高亦用此詩送行，只改『兄』作『弟』字。『臨分出苦語』，東坡詩也。」仲高改詩當與杜仲高《癖齋小集》《送陸放翁赴召》七律（「老作春秋道未窮」云云）同時，又按《愛日齋叢抄》卷四載仲高事甚詳，謂爲秦檜黨，徙雷州。

又眉批：《新夏感事》：「近傳下詔通言路，已卜餘年見太平。」按荊公《讀詔書》：「近聞急詔收群策，頗說新年又亢陽。」

地腳批 p1103：《五月十一日夜且半夢從大駕親征》：「涼州女兒滿高樓，梳頭已學京都樣。」按《彊村遺集》第一種《雲謠集雜曲子》《內家嬌》之二云：「及時衣著，梳頭京樣。」

（又 p1104）卷十二《感昔》：「常記東園按舞時，春風一架晚薔薇。尊前不展鴛鴦錦，只就殘紅作地衣。」按《樊榭山房集》卷二《虎阜即事》云：「塔迴廊回燕燕飛，送春人去戀斜暉。似嫌犖确侵羅襪，卻要殘紅作地衣。」即本此。又本之王禹玉《宮詞》之「重教按舞桃花下，只踏殘紅作地裍」（《後村大全集》卷一百七十五引《華陽集》前兩句爲「選進仙韶第一人，才勝羅綺不勝春。」）又卷十五《無題》云：「碧玉當年未破瓜，學成歌舞入侯家。如今憔悴蓬窗裏，飛上青天妒落花。」亦脫胎於禹玉《宮詞》之「翠眉不及池邊柳，取次飛花入建章」（《後村大全集》卷一百七十五引見《華陽集》卷四，前兩句爲「太液波清水殿涼，畫船驚起宿鴛鴦」，《齊東野語》卷十五謂放翁在蜀有所盼，作此詩。）

　　（又）卷十七《臨安春雨初霽》：「小樓一夜聽春雨，深巷明朝賣杏花。」按可與放翁之友王季夷《夜行船》詞：「〔不覺〕小窗人靜，春在賣花聲裏。」（《絕妙好詞箋》卷二並□□陳著《本堂集》卷三十一《夜夢在舊京忽聞賣花聲感有至於慟哭覺而淚滿枕上因趁筆記之》七古詩，不徒而亦臨安賣花聲故實也。史梅溪《夜行船》云：「小雨空簾，無人深巷，已早杏花先賣。」

　　《桐江集》卷四《跋所抄陸放翁詩後》曰：「《後村詩話》云：『放翁少時調官臨安，得句云云，傳入禁中，思陵稱賞，由是知名。』予考之，此詩在《劍南稿》十七卷，翁六十二歲，得守嚴州，朝辭奏事，至臨安府時詩也。」（《瀛奎律髓》卷十七此詩批語亦謂後村誤。）

　　（又）卷十七《即事》：「組繡紛紛衒女工，詩家於此欲途窮。語君白日飛昇法，正在焚香聽雨中。」按卷二十二《雜題》云：「山光染黛朝如濕，川氣鎔銀莫不收。詩料滿前誰領署，時時來倚水邊樓。」卷二十五《晨起坐南堂書觸目》云：「奇峯角立千螺曉，遠水平鋪匹練收。詩料滿前吾老矣，筆端無力固宜休。」《晚眺》云：「個中詩思來無盡，十手傳抄畏不供。」卷三十三《山行》云：「眼邊處處皆新句，塵務經心苦自迷。今日偶然親拾得，亂松深處石橋西。」卷八十《日暮自湖上歸》云：「造物陳詩信奇絕，忽忽摹寫不能工。」可補《談藝錄》第一五二頁至一五三頁。

　　（又 p1104 末）放翁忠義憤發之詩幾乎連篇累牘，而胞與癃瘝之什。如卷二十七《僧廬》、卷三十一《首春連陰》、卷三十二《農家歎》、卷三十九《喜雨歌》、卷四十二《甲申雨》、卷五十九《太息》、卷六十八《農家》，於全集不過牛這毛、海之粟，亦不及石湖此體之佳也。卷二十九《鳥啼》云：「人言農家苦，望晴復望雨。樂處誰得知，生不識官府。葛衫麥飯有即休，湖橋小市酒如油。」其詠農事者，大致不出斯意（如卷三《岳池農家》云：「農家農家樂復樂，不比市朝爭奪惡。」又卷二十六《稽山農》、卷五十五《農家歌》、卷七十八《農家》云：「農家自堪樂，不是傲王公。」卷八十五《農圃

歌》。）異乎後山《田家》所謂「人言田家樂，爾苦人得知」者矣。

（又 p1105）卷二十八《讀杜詩偶成》：「一念寧容事物侵，天魔元自是知音。拾遺大欠修行力，小吏相輕尚動心。」按《傳燈錄》卷八：南泉明日房莊舍，其夜土地神預報莊主，師到，問：「爭知老僧來，排辦如此？」莊主答土地相報，師云：王老師修行無力，被鬼神覰見。放翁用此事也。王夢樓出守雲南，有句云：「平生跋扈飛揚氣，消盡宦庁一坐中。」（夾批：始見《履園叢話》卷七載《蕉軒隨錄》卷一引，夢樓詩集不載。按宋犖《江左十五子詩選》卷一王式丹《十六夜劉雨峰駕部招飲次韻》自注云：「雨峰困於監倉，歲杪謝事，自歌其詩云：「平生跋扈飛揚意，銷盡監倉一歲中。」夢樓疑本其語。）項蓮生：九月十四日晚乘月過虎跑，有皂衣高冠者，呵禁甚屬，問僧，乃知爲諸長吏燕試官於此，感賦《滿江紅》云：「身賤自遭奴隸辱，心閒好與溪山友。「（《憶雲詞‧丁稿》）余五六年來自甘廢棄，讀此等語，亦惟有笑其太欠修行力耳。參觀第六百二十四則論《小山倉房詩集》卷三《謁長吏迎大府》等詩。《有感》：「不過行儉德，盜賊本王臣。」（杜詩——輯者）

眉批 p1105：卷五十二《無客》：「硯涵鸜鵒眼，香斷鷓鴣斑。」按李忠定《梁溪全集》卷八《春晝書懷》云：「匣硯細磨鸜鵒眼，茶甌深泛鷓鴣斑。」朱新仲《灊山集》卷二《書事》：「洗硯諦觀鸜鵒眼，焚香仍揀鷓鴣斑。」查初白《敬業堂詩集》卷四十八《戲柬高要令王寅采同年》：「顏硯開鸜鵒眼，香點鷓鴣斑。」（夾批）程夢星《今有堂集》卷三（以下不易辨）

又眉批：卷二十七《贈劉改之秀才》：「李廣不生楚漢間，封侯萬戶宜其難。」按《齊東野語》卷八云：「隆興間魏勝戰死淮陰，孝宗追惜之。曰：『人才須用而後見，如李廣生高帝時必將大有功。』放翁贈劉改之詩，蓋用阜陵語也，改之大喜。劉潛夫作《沁園》曲云：『使李將軍遇高皇帝，萬戶侯何足道哉？』又祖放翁語也。」《有不爲齋隨筆》乙云：「三處皆各自用《史記‧李廣傳》，乃以爲遞祖用，

一何可笑。」

（又 p1106）卷二十八《斯道》：「乾坤均一氣，夷狄亦吾人。」按卷五十四《雜感》第一首云：「孔欲居九夷，老亦適流沙。忠信之所覃，豈間夷與華。」儼然公羊傳法言之說（見第百十一則），而卷十六《聞虜酋遁歸漠北》：「妄期舊穴得孳育，不知天網方恢恢。老上龍庭豈不遠，漢兵一炬成飛灰。」卷十九《塞上曲》云：「窮荒萬里無斥堠，天地自古分夷華。青氊紅錦雙奚車，上有姬人抱琵琶。犯邊教汝不遺種，千年萬年朝漢家。」**可見皆興到語，不可科以矛盾也。**正如卷一《畏虎》五古云：「泥深尚云可，委身餓虎蹊。心寒道上跡，魄碎茆葉低。常恐不自免，一死均豬雞。」而卷三《宿武連縣驛》云：「鞭寒熨手戎衣窄，忽憶南山射虎時。」卷四《久客書懷》：「射虎臨秦塞，騎驢入蜀關。」卷十一《建安遣興》云：「刺虎騰身萬目前，白袍濺血尚依然。」卷十四《十月二十六日夜夢行南鄭道中》云：「軮軮北山虎，食人不知數。」「我聞投袂起，大呼聞百步。奮戈直前虎人立，吼裂蒼崖血如注。」《醉歌》云：「道邊狐兔何曾問，馳過西村尋虎跡。」卷十八《焚香作墨瀋決訟》云：「吏民莫怪秋來健，漸近南山射虎時。」卷二十六《病起》云：「少年射虎南山下，惡馬強弓看似無。」卷六十九《醉歌》第二首云：「百騎河灘獵盛秋，至今血漬短貂裘。誰知老臥江湖上，猶枕當年虎髑髏。」**何以怯如唐僧，又能勇如劉太保耶？曹實庵貞吉頗辨。**

（又）卷二十八《冬夜讀書有感》第二首云：「胸中十萬宿貔貅，皂纛黃旗志未酬。莫笑蓬窗白頭客，時來談笑取幽州。」按卷九《歎息》云：「安得龍媒八千騎，要令窮虜畏飛騰。」卷十一《建安遣興》第六首云：「聖時未用征遼將，虛老龍門一少年。」《憶山南》云：「老去據鞍猶矍鑠，君王何日伐遼東。」卷十三《冬夜不寐至四鼓起作此詩》云：「八十將軍能滅虜，白頭吾欲事功名。」卷十八《醉中戲作》云：「插羽軍書立談辨，如山鐵騎一麾空。」《秋懷》：「何時擁馬橫戈去，聊爲君王護北平。」《縱筆》云：「安得鐵衣三萬騎，爲君王取舊

山河。」卷二十《夜讀兵書》云：「長纓果可請，上馬不躊躇。豈惟塵皋蘭，直欲封狼居。」「南鄭築壇場，隆中顧草廬。邂逅未可知，旄頭方掃除。」卷二十四《夜坐水次》云：「白頭書生未可輕，不死令君看太平。」卷三十四《村飲示鄰曲》云：「焚庭涉其血，豈獨清中原。」「征遼詔倘下，從我屬囊鞬。」卷三十五《書志》云：「君看此神奇，醜虜何足滅。」卷三十七《太息》第一首云：「白頭不試平戎策，虛向江湖過此生。」此等氣粗言語（旁批：老去方）大之作不勝舉，郭功父、劉改之輩望塵莫及（參觀第二百五十五則）。惟辛稼軒詞，如《破陣子》（「了卻君王天下事，〔贏得生前身後名〕，可憐白髮生。」）《鷓鴣天》（「思往事、歎今吾」）之類骯髒之氣相敵，而篇什之多遠不如。奭召南謂孟子談兵不脫遊士之習，易言之韻，動言之（參觀第五百七十五則、六百二十六則）。蓋自孟子、蘇、張，至於老泉父子以及放翁之流皆 Giueeppe Giusti，所謂（以下外文，略）〔夾批：（見末頁）《列朝詩集》丙三王越《自詠》：「自歎儒官拜將官，談且容易用兵難。」《船山詩草》（以下不能辨）〕

　　卷三十三《讀杜詩》云：「後世但作詩人看，使我撫几空嗟諮。」直欲以毛錐驚教兒單于也（語見卷二十一《醉中作行草數紙》：「丈夫本意陋千古，殘虜何足膏碪斧。驛書馳報兒單于，直用毛錐驚教汝。」）《渭南文集》卷二十五《書賈充傳後》：「殆陰以自解乎？」《太平廣記》卷一百九十八沉約條引《譚藪》云：吳均《劍》詩云：「何當見天子，畫地取關西。」高祖謂曰：「天子今見，關西安在焉？」均默然無答。放翁詩亦此類耳。揀魔《辨異錄》卷上：書生紙上談兵，數行之間，便身經大小百餘戰，闢土開疆十萬里矣。《魏叔子文集》卷五《答曾君有書》云：生平好讀左氏，云曾著《春秋戰論》十篇，爲天下士所賞，論然少云，自忖度□□以百夫之長攻蕉符之盜，則此百人者終不能部署云云。不知但作詩人看，正是渠儂佔便宜處。參觀第五百八十三則、第二百二十六則。

　　眉批 p1106：卷一《遊山西村》：「山重水複疑無路，柳暗花明又

一村。」按王右丞《藍田山石門精舍》：「遙愛雲木秀，初疑路不同。安知清流轉，忽與前山通。」殊覺詞費。《袁家渴記》云：「舟行若窮，忽又無際。」八字工極。《清波別志》卷中載強彥文句云：「遠山初見疑無路，曲徑徐行漸有村。」及放翁此聯皆隱師王、柳。

　　旁批 p1106：《秋聲》：「人言悲秋難爲情，我喜枕上聞秋聲。快鷹下韝爪觜健，壯士撫劍精神生。」按本劉中山《秋詞》。《西郊尋梅》：「朱闌玉砌渠有命，斷橋流水君何欠。」《須溪精選陸放翁詩集》卷四評：「十四字弔慰兩盡。」

　　（又 p1106）卷三十三《羲農》：「羲農去不反，釋老似而非。」按卷三十四《讀老子》則云：「孰能試之出毫芒，末俗可復躋羲皇。」卷七十八《讀老子有感》云：「孰爲武成二三策，寧取道德五千言。」「安得深山老不死，坐待古俗還羲軒。」可補《談藝錄》第一四九頁。

　　（又）卷三十四《讀杜詩》：「常憎晚輩言詩史，清廟生民伯仲間。」按卷三十三《讀杜詩》云「清廟生民非唐詩」。

　　（又）卷三十六《雜題》：「安得陟釐九萬個，爲君盡寫暮年詩。」按遠不如卷二十六《無題》：「篋有吳箋三萬個，擬將細字寫新愁。」

　　（又）卷四十《讀隱逸傳》：「畢竟只供千載笑，石封三品鶴乘軒。」按此仿汪彥章之「人間何事非戲劇，鶴有乘軒蛙給廩。」（《困學紀聞》引）

　　（又）卷四十八《夜雨》：「吾詩滿篋笥，最多夜雨篇。」按卷四《晚雨》五律、卷十一《雨夜》五律、《夕雨》五律第一首、卷四十五《秋雨排悶》五律十韻、卷五十一《苦雨》五律第一首皆誤收入今本《茶山集》卷四（參觀第四百三十四則），蓋《瀛奎律髓》卷十七選茶山兩詩後，繼以此數篇，而去放翁姓字，後人遂誤之屬茶山耳。《苦雨》方批云：「二首取一。」今《茶山集》無第二首，而《劍南詩稿》有之，即其證也。至《雨夜》之「依然錦城夢」，非茶山語氣，

更不待言。惟《律髓》於《秋雨排悶》十韻之後、《雨夜》之前，中間尚有《雨》二首（「秋冬久不雨，氣濁喜雲生」云云）《劍南詩稿》中未見，又不知何人之作，錯簡於此也，《律髓》此類脫誤不少，見第四百九十九則。

　　（又）卷四十八〈雨過行視舍北菜圃因望北村久之〉：「吳牛嚙草臥斜陽。烏臼青紅未飽霜。急趁路乾來寓目，十分閒事却成忙。」【卷二十五〈秋興〉：「閉門莫道都無事，又了移花一段忙。」】按卷六十五〈東籬〉云：「戲集句圖書素壁，本來無事却成忙。」《能改齋漫錄》卷二云：「『閒人有忙事』，俗語也。韓偓詩：『須信閒人有忙事，且來衝雨覓漁師。』（眉批 p1108：元微之《永貞二年正月二日上御丹鳳樓》），唐人已有。明人小說《貪歡報》第二十四回有閒人忙事八十二日事堆。《少室山房類稿》卷一百四《讀鶴林玉露》：「山靜日長數百語，幽事楚楚，有味乎言哉？而友人善謔者云：『如此乃忙了一日，何閒靜之有？』余不覺噴飯滿案。」

　　旁批 p1108：《須溪精選陸放翁詩集》卷七《冬夜聽雨戲作》第二首：「憶在錦城歌吹海，七年夜雨不曾知。」批：「此老富貴有無奈著處，又時時有識羞耳。」卷四十七《秋興》云：「功名不垂世，富貴但堪傷。底事杜陵老，時時矜省郎。」

　　眉批 p1108：張功甫《南湖集》卷三《得楊秘監與國正唱和詩因次韻》自注云：「陸丈赴官陛辭日，上曰嚴陵清虛之地，卿可多作文。」

　　又眉批：《江樓醉中》「死慕劉伶贈醉侯」，用皮日休《夏景沖澹偶然作》：「他年謁帝言何事，請贈劉伶作醉侯。」（《純常子枝語》卷四十）

　　又眉批：《宿北岩院》：「中年到處難爲別，也似初程宿灞橋。」本岑參《送郭義》：「初程莫早發，且宿灞陵頭。」（《逸老堂詩話》卷上）

　　（又 p1109）卷十三《蔬圃絕句》之二云：「枯柳坡頭風雨急，

憑誰畫我荷鉏歸。」按卷五十《梅花》：「安得丹青如顧陸，憑渠畫我夜歸圖。」卷二十六《醉後莊門望西南諸山》云：「夕陽又憑闌干立，誰畫三山岸幘圖。」《世事》云：「何人今擅丹青藝，爲畫蘇門長嘯圖。」卷六十四《詹仲信以山水二軸爲壽》云：「不知何許丹青手，畫我當年入蜀圖。」卷六十九《記出遊所見》云：「安得丹青王右轄，爲寫此段傳生綃。」卷八十三《小憩臥龍山亭》云：「安得丹青手，傳模入素屏。」《逸稿》《秋日山居》「野步」云：「風流畫手無摩詰，寫作龍山野步圖。」蓋學簡齋也，詳見第四百五十六則。《苕溪漁隱叢話・後集》卷八云：「世有碑本杜子美畫像，上有詩云：『迎旦東風騎蹇驢，旋呵凍手暖髯鬚。洛陽無限丹青手，還有工夫畫我無？』子美決不肯自作，集中亦無之，必好事者爲之也。」《滄浪詩話》云：「『迎旦東風騎蹇驢』只似白樂天言語，今世俗圖畫以爲少陵詩，漁隱亦辨其非矣，而黃伯思編入杜集，何也？」簡齋詩意又本此。

眉批 p1109：《姜梅山續槁》卷十《野步》：「何人三昧手，畫我看秋山。」《文正公遺稿》卷一《登香爐峰觀石壁》：「此原入畫格，著我即成圖。」《永樂大典》卷二千二百六十四「詩」字引喻良能《香山集》《次韻楊廷秀郎中游西湖十絕》之九：「憑誰爲覓丹青手，畫我談詩剝芡時。」

（又）卷五十一《北齋書志示兒輩》「萬事忌安排」，卷五十五《兀坐久散步野舍》：「先師有遺訓，萬事忌安排。」卷六十一《村舍雜興》第一首「昔人言可用，第一忌安排。」按《邵氏聞見後錄》、《清波雜志》卷九皆謂安定一日獨召徐仲車食，二女子侍立，仲車或問見侍女否？將何以對？安定曰：「莫安排」，仲車大悟。乃元豐八年事，載在《哲宗實錄》。

（又）卷五十二《韓太傅生日》：「問今何人致太平，異姓眞王功第一。」按《桐江集》卷四《跋所抄陸放翁詩後》云：「呂東萊集《與周子充書》有云：『子直庶幾善道，而於事物自未盡諳悉。如陸務觀疏放封駁，豈爲過當？方人材難得之時，其詞翰雋發，多識典故。又

趣向實不害正，推棄瑕使過之義，闊略亦何妨？公與子直厚如此，胡不素語之乎？』（《東萊先生全集》卷四《與周丞相》第十九書附別紙。）予聞諸前輩，放翁入蜀從范石湖。出蜀，攜成都妓，剃爲尼，而與歸。趙汝愚嘗帥蜀，必爲此事駁放翁也。翁四十六入，五十四而出江西倉，被召至夔州，而遽臥家，久乃起，爲嚴州，必於是被駁。東萊死之前一日，子充過府。翁出蜀之四年辛丑，東萊死。其己亥、庚子間歟？高宗此二字當是子充之誤嘗修孝宗實錄，此等事當詳著，予書諸此，以表汝愚不用放翁之故。後來韓侂胄力起放翁修史，殆以其嘗爲汝愚所駁耳。」《齊東野語》卷十一記放翁以漏言得罪孝宗，遂斥不用一事，世多知者，盧谷所記則未見稱引。

　　（又 p1110）卷五十四《六藝示子聿》：「沛然要似禹行水，卓爾孰如丁解牛。」按卷四十一《題酒家壁》云：「智若禹行水，道如丁解牛。」

　　（又）卷五十四《孤學》：「家貧占力量，夜夢驗工夫。」按卷五十八《又明日復作長句自規》云：「醉猶溫克方成德，夢亦齋莊始見功。」卷六十《勉學》：「學力艱危見，精誠夢寐知。眾人雖莫察，吾道豈容欺。」卷八十四《書生》云：「夢寐未能除小忿，文辭猶欲事虛名。」此理學工夫也。《尺牘新鈔》卷十陳鍾琪〈與友〉云：「莊子曰：『古之至人，其寢不夢。』沈渙曰：『晝觀之妻子，夜卜之夢寐。』二者無愧，方可言學。張九成曰：『耳目爲禮樂之原，夢寐即出處之驗。』善讀書人，只就夢寐一事，仔細思量，便識聖賢下手要路。」陳瑚《聖學入門》卷上曰：「夢寐之中，持敬不懈。程子云：『人於夢寐間，亦可卜所用之淺深。』省察至此，微乎！微乎！」卷下論婦德曰：「夢行善事爲一善，夢行不善事爲一過。」Fneul 所謂（以下外文，略）已展於此，特放翁亦只是口頭道學而已。參觀第六百八十七則論《書影》卷一。

　　（又）卷六十六《晚春東園作》：「蜂釀蜜脾猶未熟，雨催梅頰已微丹。」按孔毅父《朝散集》卷五《西行》云：「薔花著雨相爭秀，

棗頗迎陽一半丹。」蘇邁《詠林檎》亦云：「熟顆無風時自脫，半腮迎日已先紅。」（《東坡題跋》「書邁詩」）實皆本之昌黎《獨釣》第四首：「風能坼芡觜，露亦染梨腮。」少陵《秋日夔府詠懷》「色好梨勝頗」。放翁語遠不如。（以下外文，略）思致相似。

眉批 p1110：《太倉稊米集》卷三十二《雪中歸竹坡》之一：「烏帽舉鞭誰畫我，固應全似灞橋驢。」

又眉批：《遊近村》：「身後是非誰管得，滿村聽說蔡中郎。」王霖《弇山詩抄》卷九《村中觀劇漫作演〈琵琶記〉》，自注引放翁詩而論之曰：可見《琵琶記》事，南宋時已此，俚俗之訛矣，元人不過敷衍，為填詞耳。《後村大全集》卷十《田舍即事十首》之九：「兒女相攜看市優，縱談楚漢割鴻溝。山河不暇為渠惜，聽到虞姬直是愁。」紅裙者翁之說故事也會。《四朝聞見錄·乙集》記放翁事謂其曾從紫岩張公遊，具知西北事。天資慷慨，喜任俠。常以踞鞍革檄自任，且好結中原豪傑以滅敵。作為歌詩，皆寄意恢復，書肆流傳，或得之，以御孝宗，上乙其處而韙之。《戊集》並載《閱古記》、《南園記》，且云：近聞閱古記不登於作記者之集（汲古閣毛氏刊二記於《放翁逸稿》，小有異同。）

旁批 p1110：顧圖河《雄雉齋選集》卷二《覺堂書〈南園記〉後》云：放翁以厚克，復欲獎借侂胄成此志耳，宋答皆斯語，作絕句記之。觸迕會之，為國恥彌縫，侂胄為邊功，從來錯怪《南園記》，四百餘年雪此。

又旁批：翁（覺堂乃汪蛟門）《羅氏一家集》卷二羅震亨《讀放翁集》：「才大易招風月謗，夢多才覺海天寬。」

（又 p1111）卷六十八《自嘲》：「惟有著書殊未厭，暮年鐵硯亦成凹。」

（又）卷七十四《病起初夏》「一甌羊酪薦朱櫻」，按卷十六《偶得北虜金泉酒小酌》云「朱櫻羊酪也嘗新」，卷八十一《食酪》云：「未必鱸魚莼菰菜，便勝羊酪薦櫻桃。」曾慥《樂府雅詞·拾遺》卷

上宋徽宗《南歌子》亦云：「更將乳酪伴櫻桃，要共那人，一遞一匙抄。」《侯鯖錄》卷〔二〕云：杜牧之《櫻桃》詩云：「忍用烹驍酪，從將玩玉盤。」唐人已用櫻桃薦酪也。《猗覺僚雜記》卷下云：「北人以乳酪拌櫻桃食之。《摭言》（《唐摭言》卷三）：新進士重櫻桃宴。劉覃及第，櫻桃初出，和以糖酪，人享蠻畫一小盎」云云。如此亦如以羊肉湯淪茗（見《苕溪集》卷四）可謂兩賢相，厄者思之，殊不能下嚥。

　　眉批 p1111：《太平廣記》卷一九四「崑崙奴」條引《傳奇》：以金甌貯含桃，而擘之，沃以甘酪而進。

　　（又）卷七十三《次韻李季章參政哭其夫人》，按七首：「九十老翁緣底事，一生強半是單棲。」（參觀第二百二十七則論《全上古文》卷十六彭祖語）《後村大全集》卷一百七十五云：「悼亡之作前有潘騎省，後有韋蘇州，又有李鴟湖，不可以復加矣。」然雁湖此詩已逸不全，惟《後村大全集》卷一百七十四引二句云：「一杯譞道愁能遣，幾度醒來錯喚君。」謂與元微之語暗合，核之放翁和作，當是第三首也。《前賢小集・拾遺》卷四載雁湖《吟川節中寄季和弟》七絕二首，其第六首云：「平生曠達慕莊周，老覺悲來不自由。節裏憶君頻夢見，遙傳掬淚過江州。」亦似悼亡語。

　　（又）卷八十二《山行過僧庵不入》：「茶爐煙起知高興，碁子聲疏識苦心。」按《瀛奎律髓》卷二十三紀批云：「高興字湊下句，亦小樣似也。《名儒草堂詩餘》卷下劉鉉《少年遊・戲友人與女客對棋》云：「釧脫釵斜渾不省，意重子聲遲。」下五字似勝放翁七字。

　　（又）卷八十三《晚涼》：「近村得雨知何處，此地無風亦自涼。」按徐師川得意句曰「不知何處雨，已覺此間涼。」（見《獨醒雜志》卷十）放翁衍為十四字，鋪冗泛味。《小倉山房詩集》卷五《浴》云：「浴罷憑闌立，高雲掩夕陽，不知何處雨，微覺此間涼。」則與師川暗合也。

　　（又 p1112）卷八十五《夢中行荷花萬頃中》：「天風無際路茫

茫，老作月王風露郎。只把千尊爲月俸，爲嫌銅臭雜花香。」按此首後即《示兒絕筆》矣。卷五十一《九月十一日夜雞初鳴夢一故人相語曰我爲蓮花博士蓋鏡湖新置官也我且去矣君能暫爲之乎月得酒千壺亦不惡也既覺惘然作絕句記之》云云，此詩銅臭花香語所由來也。

眉批 p1065〔補六一六則〕《劍南詩稿》卷一《病中簡仲彌性唐克明蘇訓直》：「心如澤國春歸雁，身是雲堂旦過僧。」按《渭南文集》卷九《答勾簡州啓》：「雖夢寐思歸，類澤國春生之雁。而巾瓶無定，如雲堂旦過之僧。」卷三十三《山行》之二，見第四五六則，《簡齋集》卷十《春日》。

又眉批：卷三十三《感昔》之二「長安之西過萬里，北斗以南惟一人。」按《渭南文集》卷九《賀葉樞密啓》：「北斗以南一人，誰其倫儗。長安之西萬里，行矣清夷。」

又眉批：卷三十（八）〔五〕《望永阜陵》：「寧知齒豁頭童後，更遇天崩地陷時。」按仿《簡齋集》卷二十《雨中對酒庭》之「天翻地覆傷春色，齒豁頭童祝聖時。」

旁批 p1065：卷三十六《春近山中》之二：「人意自殊平日樂，梅花寧減故時香。」按與後山《次韻李節推九日登南山》云：「人事自生今日意，寒花只作去年香。」參觀第六三一則、第二三〇則。

地腳批 p1065：《吳禮部詩話》：陸放翁《斷碑歎》：「二蕭同起南蘭陵」云云，蓋詠蕭懿祠堂碑也。懿忠而衍篡，事具史傳，（乃）〔而〕翁誤乃如此。又《籌筆驛》：「一等人間管城子，不堪譙叟作降箋。」降表乃卻正所爲，亦誤也。

眉批 p1066：卷五十六《對食戲作》之三：「蒸餅猶能十字裂，餛飩那得五般來？」按《南唐書·雜藝方士節義列傳》：某御廚者食味五色餛飩。讀此詩方悟色非顏色，乃樣色之色，如四色禮物之類。

又眉批：卷五十七《六言雜興》之一，按見第四五八則葛立方《歸愚集》卷五。

又眉批：卷二《記夢》之二：「不知挽盡銀河水，洗得平生習氣

無？」按仿杜牧之《寄杜子》之一：「狂風烈焰雖千尺，豁得平生俊氣無。」

　　又眉批：卷八《文章》：「文章本天成，妙手偶得之。」按本東坡《次韻孔毅甫集古人句見贈》之三：「前生子美只君是，信手拈得俱天成。」

　　又眉批：《小市》：「客心尚壯身先老，江水方東我獨西。」按仿東坡《送歐陽主簿赴官韋城》之二：「江湖咫尺吾將老，汝潁東流子卻西。」坡詩又用《北史·魏本記五》孝武帝語，馮注未詳，外用此事者繁多，見馮注卷三十四眉。

　　旁批 p1066：《霜風》：「豈惟饑索鄰僧米，眞是寒無坐客氈。」《張右史文集》卷三十二《寄陳鼎》：「常憂送乏鄰僧米，何曾寒無坐客氈。」

第四節　方岳——被忽略的江湖派大家

　　《容安館札記》作爲錢先生的讀書筆記，保持了「有話則長、無話則短」的特色；《札記》中有關方岳的第 252 則（卷一，第 410 頁）長達兩千多字，在現已出版的三冊中是不多見的。現整理如下，分兩個部分，就其間涉及的一些問題，談一些自己的看法，其有違失，識者正之。

一

　　方岳《秋崖先生小稿》三十八卷，巨山爲江湖體詩人後勁，仕宦最達，同時名輩，惟戴石屏姓字掛集中（卷十四《石屏遊諸老間得詩名又早，諸老凋謝，獨石屏巋然，魯靈光耳。予生後三十二年，才此一識，秋風別去，因書數語集中》，七律一首）

　　吳龍翰式賢則以巨山與劉後村並推爲二師（見《古梅吟稿》卷六《聯句辨》，又卷一《見劉後村先生》七律四首，《秋崖先生招飲荷葭塢》七古，《秋崖先生以紅石見寄》七

絶，卷二《庚申冬壽秋崖先生》七律，卷五《哭秋崖先生》五律三首，末一首云「一瓣南豐後，他師不復求。」）

　　蓋放翁、誠齋、石湖既歿，大雅不作，易爲雄伯，餘子紛紛，要無以易後村、石屏、巨山者矣。三人中，後村才最大，學最博；石屏腹笥雖儉，而富於性靈，頗能白戰；巨山寄景言情，心眼猶人，唯以組織故事成語見長，略近後村而遜其圓潤，蓋移作四六法作詩者，好使語助，亦緣是也。（參觀《圍爐詩話》卷五引……）

　　求老得佻，因佻轉腐，用「之」字尤多湊砌不妥，如『一刻之間值萬金』、『恐是龍蛇之屈蟠』、『試澆之酒將何如』。至其合作，巧不傷格，調峭折而句脆利，亦自俊爽可喜。然取徑不高，汲古殊淺，心摹手追，尤在誠齋、放翁。每有佳句，按之皆脫胎近人，如：

　　卷三〔註39〕《春思》云：「小立佇詩風滿袖，一雙睡鴨占春閒。」本之簡齋《尋詩》：「無人畫出陳居士，亭角尋詩滿袖風」（此詩亦見吳可《藏海居士集》卷下，題爲《偶贈陳居士》，「無人」作「有誰」。）

　　《道中即事》云：「喚作詩人看得未，兩抬笠雪一肩輿」，本之放翁《劍門道中遇雨》：「此身合是詩人未，細雨騎驢入劍門」。

　　《農謠》云：「池塘水滿蛙成市，門巷春深燕作家」，本之後山《春懷示鄰里》：「壞牆著雨蝸成字，老屋無僧燕作家」。

　　卷七《聞雪》：「黃塵沒馬長安道，殘酒初醒雪打窗。客子慣眠蘆葦岸，夢成孤槳泊寒江」，本之山谷《六月十七日晝寢》：「紅塵席帽烏靴裏，想見滄洲白鳥雙。馬齧枯萁喧午枕，夢成風雨浪翻江」。

　　卷十五《感懷》之九云：「竹夫人爽夜當直，木上座臞新給扶」本之孫仲益《小詩謝宜黃尉李集義》：「行隨木上座，臥對竹夫人」、《獨居自遣》：「路滑須憑木上座，天寒

〔註39〕四庫本作卷一。

那用竹夫人。」(《莊簡集》卷五);鄒浩《偶書》「白晝談禪木上座,清宵同夢竹夫人。」(《道鄉集》卷十一)明張羽《靜居集》卷四《遊原丘》云:「相攜木上坐,來禮石觀音」則拙劣矣。﹝註40﹞

卷十六《以越箋與三四弟》:「過門盡是陳驚座,得句今誰趙倚樓」,本之陳鄂父《端午洪積仁召客口占戲東薛仲藏》:「自愧雖非趙倚樓,何當一效陳驚座」;陳長翁《次張司戶韻》:「假眞笑我陳驚座,造妙推君趙倚樓」,又陸放翁《恩封渭南伯》:「虛名空作陳驚座,佳句眞慚趙倚樓」。

卷十七《次韻陳料院》之二云:「往來屑屑無家燕,去住匆匆旦過僧」,本之放翁《病中簡忠彌等》:「心如澤國春歸雁,身是雲堂早過僧」,又《夏日雜詠》云:「情懷萬里長征客,身世連床旦過僧」。

卷十九《春日雜興》之十三云:「先後筍爭滕薛長,東西鷗背晉齊盟」,本之《誠齋集》卷六之《看筍》:「筍如滕薛爭長,竹似夷齊獨清」,又劉後村大全集卷101《題汪薦文卷》云:「《演雅》云『螺羸堯舜父子,鴻雁魯衛兄弟,鬥蟻滕薛爭長,狎鷗晉鄭尋盟』,此即誠齋自作也,何擬之有?」(**按汪名韶,此詩輯入《宋詩紀事》卷七十五,又《補遺》卷六十六沿之誠齋語。**)又本之饒德操《倚松老人集》卷一《賦王立之家四梅》:「豈爭滕薛長,未與管晏比」。《呂東萊先生詩集》卷一《三月一日泊舟宿州城外因過天慶觀》:「千花犯濃雲,紅紫相餞送。未知滕薛長,乃若鄒魯鬩」而後來居上。又按《誠齋集》卷三十八《演雅》云:「穀觫受田百畝,蠻觸有宅一區。蚍蜉戒之在鬥,蠅蚋實繁有徒。」「果羸周公作誥,鵁鶄由也升堂。白鷗比德於玉,黃鸝巧言如簧。」徐青藤《書屋文集》卷一《荷賦》云:「炎暑結樓……」

拈此六七例以概其餘,亦徵江湖詩派之淵源不遠,蓄積不厚矣。(方虛谷《瀛奎律髓》卷二十七選《詠楊梅》一

﹝註40﹞「來禮石觀音則拙劣矣。」此句在412頁右下角,據文意補入。

首，尊之曰：「吾家秋崖先生詩，不江湖不江西，自成一家」
云，蓋迴護掩飾之詞也。）每自呼其號曰「秋崖」，如能言
之鴨，習氣可厭。

又《古梅吟稿》後附《秋崖和作五排百韻》，此集未收。

以上為《札記》二百五十二則的第一部分，其內容是相當豐富
的，所涉及的問題也是多方面的，限於篇幅，筆者主要談兩個問
題：

第一、關於方岳與「江湖派」的關係問題

方岳是否屬「江湖派」是當代研究者爭論較多的問題。以 90 年
代出現的兩部研究江湖詩派的專著為例，張宏生《江湖詩派研究》
（中華書局，1995 年版）主張將方岳列入江湖詩派，並且作為江湖
詩派的後期代表人物專節介紹；而張瑞君《南宋江湖詩派研究》（中
國文聯出版社，1999 年版）則認為把方岳視為江湖詩人可以，但不
應該歸於江湖派，判斷的理由是他很少與江湖派的其他成員往來唱
酬，他的詩不見於《江湖前、後、續集》以及其他與江湖派有關的
詩集。

上述論爭的背後所隱含的命題就是江湖詩派的成員鑒定問題。
筆者撰有《錢鍾書論江湖詩派》，對此問題已有論述，概括如下。第
一點：具體詩派成員的確定應該從作品與作家兩方面相結合入手，固
執一面，自然會失之偏頗。第二點：應該破除以往學者在江湖派成員
鑒定上的「非此即彼」的二分法的思維慣勢。因為南宋詩歌發展的複
雜性遠遠超出我們現有的認識。以江湖詩派成員的判斷為例，筆者以
為除了「是江湖派成員」、「非江湖詩派成員」兩類外，還應該存在「第
三種詩人」——從作品判斷，他們的詩歌明顯地受了江湖詩派的影
響，詩歌風格與江湖詩派有一致性；而從作家判斷，由於種種原因，
他們游離於這一巨大的詩人群體以外，與所謂的「江湖詩人」缺乏必
要的交流。對於這類詩人，我們應該怎樣定位、敘述？錢鍾書先生提
出的「江湖體詩人」的概念，為我們提供了新的思路。而方岳就是「江

湖體詩人」中的代表：

> 方岳《秋崖先生小稿》三十八卷，巨山為江湖體詩人
> 後勁，仕宦最達，同時名輩，惟戴石屏姓字掛集中（卷十
> 四《石屏遊諸老間得詩名又早，諸老凋謝，獨石屏巋然，
> 魯靈光耳。予生後三十二年，才此一識，秋風別去，因書
> 數語集中》，七律一首）

在此則《札記》的開始，錢先生就明確方岳是「江湖體詩人」。除方岳外，《札記》中還多處提到「江湖體」，都是作為與江湖派有明顯區分的概念在運用。

如《札記》第二百六十五則（卷一，第447頁）：

> 袁萬頃《竹齋詩集》三卷、附錄一卷，朱竹垞、宋牧
> 仲等序皆，以元量江西人而不作江西派詩為言……不知南
> 宋中葉以後，章貢間作者每不樂土風，誠齋、白石是其顯
> 例。元量詞致疏爽，非江西之襲積。與高菊磵、宋伯仁等
> 唱和，<u>已是江湖體</u>，而仍有江西句法也。

參看《宋詩選注》中袁萬頃小序：「其實南宋從楊萬里開始，許多江西籍的詩人都要從江西派的影響裏掙扎出來，袁萬頃也是一個，可是還常常流露出江西派的套話，<u>跟江湖派終不相同</u>。」

又如《札記》第三百六十五則（卷一，第586頁）：

> 王邁《臞軒集》十六卷。實之以讜直名，詞章其餘事
> 也。雖出真西山門，無儒緩嫗煦之態，氣盛言洶，然囂浮
> 乏洗鍊。故其語每俗。如卷五《真西山集後序》「一片赤誠」
> 等句是也。詩亦慷慨流走，<u>乃江湖體中氣勢大而工夫不細
> 者</u>。最推誠齋卻不相似。

參看《宋詩選注》王邁小序：「他雖然極推楊萬里的詩，自己的風格並不相像，<u>還是受江湖派的影響居多</u>。」

綜上，錢鍾書先生關於方岳的「江湖體詩人」概念的提出，是應該值得我們重視的，這是一種思維方式上的突破，它為我們研究江湖詩派提供了一個新的思路。

第二，關於方岳詩歌史地位問題與詩歌特色問題

學界一向認爲南宋詩歌的研究是比較薄弱的。而「建國 30 年內江湖詩派的研究基礎更爲薄弱，過去的文學史著作只是提及屬於這個詩派的少數幾位代表作家，如劉克莊、戴復古等，對這個詩派的基本面目很不清楚。」（《新時期中國大陸宋詩研究述評》，莫礪鋒、陳傑，載《陰山學刊》2000 年第 2 期）從當代學者對南宋詩歌的研究文章看，無論是江湖詩派內，或是江湖詩派外，方岳都是一個被忽略的點。相關的文獻整理方面，只有 1998 年黃山書社出版的秦效成的校注本《秋崖詩詞校注》；相關的重要論文則只有張宏生的《偏離群體的「別調」——論方岳詩》（載《江蘇社會科學》1994 年第三期，後被收入張宏生的博士論文《江湖詩派研究》）。

這與本則筆記中錢鍾書對方岳在南宋詩歌史上的定位形成了鮮明的對比。先是轉述南宋詩人吳龍翰對方岳的推崇——「式賢以巨山與劉後村並推爲二師」，後直接對方岳的詩歌史地位作出自己的論斷：

> 蓋放翁、誠齋、石湖既歿，大雅不作，易爲雄伯，餘子紛紛，要無以易後村、石屏、巨山者矣。

這是錢鍾書對南宋中後期詩壇的一個大概的判斷，中期是陸、楊、范，沒有尤袤，這與《宋詩選注》中的判斷是一致的，後期是劉克莊、戴復古、方岳，雖餘子紛紛，無以易此三人。這個判斷是值得我們深入探討的。我們再參觀《札記》第四百四十三則（卷二，第1005 頁）「范成大」條中提到的：

> 范成大《石湖居士詩集》三十四卷。南宋中葉之范、陸、楊三家，較之南渡初之陳、呂、曾三家，才情富豔後來居上，而風格高騫則不如也。

這是錢鍾書對南宋詩歌發展的整體把握。他認爲從南渡的陳與義、呂本中、曾幾，到「中興四大家」中的楊萬里、陸游、范成大，再到後期的劉克莊、戴復古、方岳，這是南宋詩歌史上的幾個關鍵人物。

　　上述兩則筆記爲我們對南宋詩歌發展的敘述與描寫，豎起了一個基本的骨架，勾勒了一個主線條。在這個背景下看，我們現有的方岳研究，與方岳在南宋詩壇的地位、他所取得的詩歌成就相比，還是遠遠不夠的。〔註41〕

　　與對方岳詩歌史地位低估相對應的，我們對方岳詩歌風格的探討也是遠遠不夠的。上面提到的張宏生的論方岳的論文，前半部分的基本思路還是從作家的創作心態、創作意圖來說明文學作品，側重作家研究；後半部分對方岳詩歌具體風格的作了解析。張主要講了兩點：一，方岳詩學江西詩派的問題；二，方岳詩歌中的理趣問題。相形之下，錢鍾書在這則兩千多字的筆記中所體現出的，無論是文學研究的路徑的選擇，還是詩歌本體研究的到位程度，都是值得我們深入學習的：

　　　蓋放翁、誠齋、石湖既歿，大雅不作，易爲雄伯，餘子紛紛，要無以易後村、石屏、巨山者矣。三人中後村才最大，學最博；石屏腹笥雖儉，而富於性靈，頗能白戰；巨山寄景言情，心眼猶人，唯以組織故事成語見長，略近後村而遜其圓潤，蓋移作四六法作詩者，好使語助，亦緣是也。（參觀《圍爐詩話》卷五引……）求老得侊，因侊轉腐，用之字尤多湊砌不妥，如『一刻之間值萬金』、『恐是龍蛇之屈蟠』、『試澆之酒將何如』。至其合作，巧不傷格，調峭折而句脆利，亦自俊爽可喜。然取徑不高，汲古殊淺，心摹手追，尤在誠齋、放翁。每有佳句，按之皆脫胎近人。

　　在這裡錢再次用到了他常用的比較研究法，《談藝錄》中他論述陸游、楊萬里詩歌特色時就成功的運用了；上面舉的范、陸、楊與陳、呂、曾的整體比較，是宏觀角度的。在南宋後期詩壇的三大家中，錢

〔註41〕在 1958 年出版的《宋詩選注》的方岳簡評裏，錢鍾書也強調說「南宋後期，他的詩名很大，差不多比得上劉克莊」。《宋詩選注》選了方岳的四題共五首詩，也看得出方岳在錢的心目中的地位。

鍾書認為劉克莊的「才最大，學最博」；戴復古是「性靈」的代表，而方岳的特點是「組織成語見長」〔註42〕。這些都是非常簡約地、又高度概括地拈出了方岳詩歌的特點。關於這一點，我們在這則筆記的第二部分──對具體詩歌的選評、摘句、解析部分也會談到。

「組織成語見長」是錢鍾書對方岳詩歌特色的總體概括；從微觀上，錢總結了方岳詩歌的兩個特徵：

（一）以文為詩

我們對「以文為詩」研究的關注點主要集中在了北宋的梅堯臣、歐陽修、蘇軾、王安石等人身上，對南宋的「以文為詩」問題向來較少關注，甚至可以說無視。錢鍾書提出了方岳詩歌中「好使語助」這一現象，並指出其原因是「移作四六法作詩」。錢一分為二地分析了方岳詩歌中的這一問題。一方面錢指出方岳「以文為詩」的弊端：

> 求老得�佻，因佻轉腐，用之字尤多湊泊不妥，如『一刻之間值萬金』、『恐是龍蛇之屈蟠』、『試澆之酒將何如』。

這些都是方岳「以文為詩」中失敗之作的代表，而所謂「求老得佻，因佻轉腐」的評價，錢鍾書在《談藝錄》第五十八則「清人論錢蘀石詩」中，已有相似的論述──「自宋以來，詩用虛字，其弊有二：一則尖薄，乃酸秀才體，鍾伯敬、譚友夏、蔡敬夫是也；一則膚廓，乃腐學究體，邵堯夫、陳公甫、莊定山是也。」方岳應屬腐學究體。

當然錢鍾書也同時肯定了方岳以文為詩的成功處──「至其合作，巧不傷格，調峭折而句脆利，亦自俊爽可喜。」這樣的作品在《秋崖集》中也有不少，如：

> 不如意事常八九，可與語人無二三。
>
> （卷八《別子才司令》）

〔註42〕 《宋詩選注》方岳簡評：「他有把典故成語組織為新巧對偶的習慣」。

不知我者謂爲拙，是有命焉那用求？

（卷十五《感懷》）

誰歟莫逆溪山我，幸甚無能詩酒羣。

（卷十六《舊傳有客謁一士夫題其刺
雲琴棋詩酒客因與談笑戲成此詩》）

侯誰在矣山如昨，今我來思鬢已華。

（卷十九《過北固山下舊居》）

翁之樂者山林也，客亦知夫水月乎？

（卷二十《水月園送王侍郎》）

不可以風秋後葉，何傷於月晚來雲。

（卷二十一《晚眺》）

　　無論是虛詞，還是散文化句式，這些「以文爲詩」的創作手法在方岳的上述詩歌中的運用，都運用得相當得當。

（二）師法前人、及對前人詩句的襲用與改寫

　　詩歌的發展史就是詩歌語言的發展史。正因爲詩歌語言、語法間的關係較爲鬆弛，每一語詞的原始義與引申義以及引申義之間存在較大張力，這使得詩歌的改寫存在可能。而方岳無疑是此中高手。錢先生對方岳詩歌中化用前人詩句的這一創作特點觀察得很仔細，也很重視。我們可以看到，論述這一部分的文字將近佔了整則《札記》的四分之一；如果我們察看原稿，你可以清楚地看到這一部分添補、修改的痕跡——《札記》第 411 頁正文第六行原作「拈此四例，以概其餘」，後改爲「拈此六七例，以概其餘」，而在此頁空白處用小號字體書寫的另外三例，明顯是後來添補上的。

　　從錢所舉的上述七個例證中，我們大致可看出方岳對前人詩歌化用的三種手法。第一類是詩句中的三字對，如《感懷》中「竹夫人」對「木上座」，本之孫仲益的「行隨木上座，臥對竹夫人」、「路滑須憑木上座，天寒那用竹夫人」及鄒浩的「白晝談禪木上座，清宵同夢竹夫人」；《以越箋與三四弟》中的「陳驚座」對「趙依樓」，本之陳

—139—

鄂父、陳長翁、陸游的詩句；《次韻陳料院》的「無家燕」對「且過僧」本之陸游的詩句。這些都是具體詩歌創作中的技巧。

第二類是整聯詩句的意象的化用，如《春思》的「小立佇詩風滿袖，一雙睡鴨占春閒。」化用了陳與義的「無人畫出陳居士，亭角尋詩滿袖風」、如《農謠》的「池塘水滿蛙成市，門巷春深燕作家」，本之陳師道的名句「壞牆著雨蝸成字，老屋無僧燕作家」。這這類的指出的難度顯然超出了第一類。

第三類是整首詩歌的創作構思偷學前人的。如：

　　　紅塵席帽烏靴裏，想見滄洲白鳥雙。馬齧枯萁喧午枕，
　夢成風雨浪翻江。

　　　　　　　　　　　——黃庭堅《六月十七日晝寢》

　　　黃塵沒馬長安道，殘酒初醒雪打窗。客子慣眠蘆葦岸，
　夢成孤槳泊寒江。

　　　　　　　　　　　　　——方岳《聞雪》

若非錢鍾書把此二詩至於一處，只怕很少有人會將兩詩聯繫起來。但將兩詩置於一處，其間的構思、詩句的布置，沿襲的痕跡都顯露無遺。詩句文心的揣摩、細膩的體會，這恐怕也是現代學者望錢而不及之處吧。

此外，從詩人所襲所改的對象也能看出方岳的詩歌的價值取向與師法對象。

從所舉的八個例子來看，有三個是江西詩派的代表作家的詩作，這也可以看出方岳與江西派的淵源。〔註43〕此外，涉及楊萬里、陸游的詩作有四例，所以「取徑不高，汲古殊淺，心摹手追，尤在誠齋、放翁。每有佳句，按之皆脫胎近人。」這一段論述是建立在紮紮實實的實證基礎上的，也是讓人完全信服的。從筆記第二部分的具體作品

────────────

〔註43〕張宏生的《偏離群體的「別調」——論方岳詩》中也指出了方岳詩歌中的江西特色；而方回的「吾家秋崖先生詩不江湖不江西，自成一家」（《瀛奎律髓》卷二十七方岳《詠楊梅》詩評語），錢鍾書指出是「迴護掩飾之詞」，從上述的師法對象上看，也是有根有據的。

的選擇、摘句與點評中我們也能看到這一點。

二

卷一《山居十六詠》：「窮途一何慟，多岐一何泣。指似世間人，路頭從此入。」（《入山林處》）「東皋或巾車，西園亦飛蓋。以我方古人，兩腳大自在。」（《便是山》）「鍾乳三千兩，胡椒八百斛。笑殺山中人，破紙塞故屋。」（《著圖書所》）

卷二《謝人致蟹》：「除卻金齏霜後橙，更無一物可詩情。誠齋配以彭生臠，豈不冤哉五鼎烹。」岳珂《玉楮集》卷三《饅頭》：「公子彭生紅縷肉，將軍鐵杖白蓮膚。」（《兩般秋雨庵隨筆》卷二引宋人詠豬肉包子句即此聯）。清丁敬身《硯林詩集補遺》卷三《火肉粽歌》云：「羅含孤黍春綿熟，彭生曲股紅蕭玉」，蓋本宋人也。「蜜漬曹公」、「湯燖右軍」以外，又添故實。

《蒙恩予祠》：「月明弄影雪巔癯，只似胡僧不似吾。忽予牙緋稱羽客，道冠儒散釋頭顱。」

按《五燈會元》卷二：「傅大士一日披衲、頂冠、靸履朝見，梁武帝問：是僧邪？士以手指冠；問：是道邪？士以手指靸履；問：是俗邪？士以手指衲衣。」顧阿瑛《玉山逸稿》卷四《自贊》云：「儒衣僧帽道人鞋，天下青山骨可埋。若說舊時豪俠興，五陵衣馬洛陽街。」皆此意，顧詩勝秋崖多矣。

卷四《春思》：「春風多可太忙生，長共花邊柳外行。與燕銜泥蜂釀蜜，才吹小雨又須晴。」

卷五《過湖》：「才出城來便不同，綠楊微拂藕花風。過湖船用百錢買，臥看雲歸南北峰。」

卷六《茶蘼》：「山徑陰陰雨未乾，春風已暖卻成寒。不緣天氣渾無準，要護茶蘼繼牡丹。」

卷八《受語口號諗詞謂爾岳精習六藝長言詠歌有風人和平之意》：「雪寒月瘦鬢成絲，緣底天家聖得知。從此江

山盡驅使，小民奉敕遣吟詩。」

《別子才司令》:「不如意事常八九，可與語人無二三。自識荊門子才甫，夢馳鐵馬戰城南。」按謝翱《無題》亦云:「可與語人少，不成眠夜多。」又按:「不如意事」一聯，後來小説院本中常見，如吳炳《綠牡丹》第十二則，下句作「可與人言無二三」;《療妬羹》第十二則亦然。孫郁《雙魚佩》第十九折作「可與言人」;灌園主人《秣陵春》第二十折則又作「可與人言」;《金瓶梅》十八回、三十四回「正是不如意處……可與人言……」。

卷十《獨立》:「村夫子挾兔園冊，教得黃鸝解讀書。能記蒙求中一句，百般嬌姹可憐渠。」

卷十一《不寐》:「不寐何爲者，幽居事更稠。怯風思鶴冷，聞雨爲花愁。草合妨遊屐，沙崩壓釣舟。春蓑故無恙，欹枕數更籌。」「不寐何爲者，閒人最號忙。釀方傳得法，詩未足成章。藥草霜多損，寒蔬雨半荒。幸無天下責，夔卨在巖廊。」

卷十四《牛庵後古松五株》:「山中老子一間屋，屋後秦人五大夫。丘壑得專閒日月，衣冠甚偉古眉鬚。計今當是百年物，著我添成六老圖。已有茯苓巢可俯，待烹石鼎療詩臞。」

《次韻鄭總乾》:「人方怒及水中蟹，我亦冥如天外鴻。」(一)「過從一笑酒瓶空，不是樵翁即釣翁。偶種竹成俱崛強，旋移花活尚神通。前身已化歸遼鶴，醉帖猶傳戲海鴻。新貴少年吾自老，世間白髮幾曾公。」(三)

《翰棋》:「半庵山雲舊草堂，鳥啼花落幾平章。酒無賢聖同歸醉，風有雌雄各自涼。賴與歐盟同保社，不隨蟻垤夢侯王。未償詩債逢棋敵，誰信閒人最得忙。」

卷十五《感懷》:「去國何年老一丘，於今已換幾公侯。不知我者謂爲拙，是有命焉那用求?胙艋舟應容釣蟹，麒麟閣不畫騎牛。百年長短身餘幾，付與西風汗漫遊。」(四)

「拄上風煙更一層，瘦藤對倚玉崚嶒。左花右竹自昭穆，春鶴秋猿相友朋。五畝園爲終老計，半間雲住在家僧。蹲鴟生奶菰如臂，莫道山翁百不能。」（八）

《再用潘令君韻》：「時序略如飛鳥過，世終何嘗聚蚊喧。」按卷二十九《新晴》：「日月雙飛鳥，江湖一聚蚊。」

卷十六《舊傳有客謁一士夫題其刺雲琴棋詩酒客因與談笑戲成此詩》：「誰與莫逆溪山我，幸甚無能詩酒某。」按上句學東坡《點絳唇》詞：「與誰同坐明月清風我」詳見**七百十七則**。南宋蘇泂《泠然齋詩集》卷七《次韻舅父上巳日同遊朱園》之三云：「重來野客朱邢我，坐久摩挲馬柱看。」葉茵順《適堂吟稿》乙集《鱸鄉道院》云：「山林受用琴書鶴，天地交遊風月吾。」易「吾」字便韻味索然（靖**逸此篇誤收入《江湖後集》胡仲弓名下**）

卷十七《老態》：「看書之眼看山腳，二事俱妙可奈渠。藥自不能專忌蟹，酒吾甚愛未浮蛆。處人間世每如此，微造物遊誰與居。衰病老來常態耳，莫教左右手孤予。」《雪後》：「毋多酌酒亦成醉，盡足看梅不道寒。」

卷十九《雨中有感》：「何以消憂惟酒可，無能爲役以詩鳴」。《集珠溪》〔註44〕：「斬新山色佛頭綠，依舊桃花人面紅。」本林和靖《西湖》：「春水碧於僧眼碧，晚山濃似佛頭青。」開楊鐵崖《嬉春體》：「柳條千樹僧眼碧，桃花一枝人面紅。」

《過北固山下舊居》：「池塘燕子舊人家，楊柳春寒一徑斜。夜讀自生書帶草，朝饑曾對米囊花。侯誰在矣山如昨，今我來思鬢已華。舍館不知何日定，竹輿鳴雨又咿啞。」

卷二十《水月園送王侍郎》：「翁之樂者山林也，客亦知夫水月乎？」按上句出《醉翁亭記》，下句出《赤壁賦》。《後村長短句》卷一《客散循堤步月而作水調歌頭》亦

〔註44〕四庫本作《次韻徐宰集珠溪》。

云：「翁意在乎林壑，客亦知夫水月。滿腹貯清寒，賦詠差有愧，赤壁與滁山」，《秋崖小稿文集》卷六《擬文房四制》自序云：「文房四制，經安晚、後村老筆，無復著手處矣。日長無事，試一效顰，亦可知文章之無盡藏也。」是秋崖見《後村集之證》。《山中》：「往事自驚天大膽，近詩空撚雪成鬚。」

卷二十一《晚眺》：「不可以風秋後葉，何傷於月晚來雲。」按《鶴林玉露》以此爲曾功度詩，「秋」作「霜」，「無」作「何」，「晚來」作「雨餘」。

卷二十三《食貓筍》：「詩腸慣識貓頭筍，食指寧知熊掌魚？」按卷二十四《次韻劉架閣》云：「虎頭食肉亦安用，熊掌與魚那得兼？」筆致活潑。

卷二十四《次韻程兄見寄》：「底須賦奏長楊館，只以詩爲細柳營。」

卷二十六《徐仁伯侍郎挽詩》、卷二十九《新晴》皆五言排律，誤編入五古。

410 頁上補：《齊東野語》卷四、《湛淵靜語》卷一載「秋崖秋壑兩半秋」詩，《桐江續集》卷二十《寄同年宗兄桐江府判去言》第三首自注亦化其事，《秋崖小稿文集》卷二十一《與廟堂第二書》、《與吳參政書》，卷二十七《答胡文叔書》皆云得罪秋壑，並載「秋崖秋壑兩般秋」……

以上爲此則《札記》的第二部分，主要是錢鍾書在閱讀過程中對一些詩句的摘錄。從已出版的三卷筆記來看，也是保持了有話則長，無話則短的特色。關於方岳的詩歌，除去第一部分的化用前人的詩句不算，共選詩 20 首，摘句 12 聯，數量是比較多的，這也可以從一個側面看出錢對方岳詩歌的重視。關於這部分《札記》，主要談以下幾個問題：

（一）選詩

在香港版《宋詩選注》的前言中，錢鍾書提到：「我選注宋詩，是單幹的，花了兩年工夫。」從《容安館札記》中收錄的錢鍾書的詩

歌的創作時間來看，這三冊《札記》中前兩冊正是他「單幹」時的成果。〔註45〕這是在此基礎上，他寫成了《宋詩選注》。他在香港版《宋詩選注》的前言中說的：「它既沒有鮮明地反映當時學術界的『正確』指導思想，也不爽朗地顯露我個人在詩歌裏的衷心嗜好。」「這部選本不很好；由於種種原因，我以爲可選的詩往往不能選進去，而我以爲不必選的詩倒選進去了。」

那這三本《札記》，可以說不受「指導思想」的指導，這裡所選的詩歌，可以說眞實地爽朗地顯露了他個人在詩歌裏的衷心嗜好。這對於我們而言，無論是研究《宋詩選注》，或探討錢鍾書的宋詩觀，都是大有幫助的。

以此則選方岳詩爲例，有見之於《宋詩選注》的，如《春思》（「春風多可太忙生」）即爲《宋詩選注》方岳詩第一首；也有見之《宋詩選注》而在這裡找不到蹤跡的，這類大概就是「以爲不必選」倒選進去了的詩，如被人稱爲名篇的《三虎行》（「黃茅慘慘天欲雨」）；更多的是「以爲可選」而往往不能選進去的詩，這類詩歌的數量倒是大的驚人。

此外，從《札記》中所選錄的方岳的詩歌，都集中在近體，這也可以看出錢對方岳詩歌成就、詩歌價值的一個隱含的判斷。

在近體詩中，有對仗工整、別具匠心的摘句，如「人方怒及水中蟹，我亦冥如天外鴻」（《次韻鄭總幹》）；「時序略如飛鳥過，世紛何啻聚蚊喧」（《再用潘令君韻》）；「何以消憂惟酒可，無能爲役以詩鳴」

〔註45〕三冊《札記》共 802 則，而論及宋人詩文集約 200 多則，大多集中於前兩冊。此外，有幾則《札記》是錢先生自己創作的詩歌，如第四百四十一則（卷二，第 1005 頁）《重九雨》，收於《槐聚詩存》一九五五年詩；第六百二十三則（卷二，第 1139 頁）《置水仙種於瓦盆中覆以泥花放賦此賞之》，收於《槐聚詩存》一九五六年詩；第六百三十四則（卷二，第 1231 頁）《赴鄂道中寄絳》收於《槐聚詩存》1957 年詩，其中第二首後附有小注「《宋詩選注》脫稿付印。」而《札記》中論宋詩的也幾乎都集中在此則前，也可見《札記》與《宋詩選注》的關係。

（《雨中有感》）；「斬新山色佛頭綠，依舊桃花人面紅」（《集珠溪》）；「毋多酌酒亦成醉，盡足看梅不道寒」（《雪後》）；「不可以風秋後葉，何傷於月晚來雲」（《晚眺》），從這些對仗中，也可看出方岳律詩的刻鏤之功，都屬「調峭折而句脆利」。

摘句而外，也有全詩都佳的，如絕句中的《春思》、《過湖》，律詩中的五言律《不寐》二首，七言律《輸棋》、《次韻鄭總幹》第三首等等，或描摹景物，或抒寫性情，都別具一格。

（二）詩歌的解析

在選詩、摘句以外，除了第一部分的化用前人詩句外，《札記》第二部分錢鍾書對有的詩句承襲演變的來龍去脈還作了分析：

（卷二）《蒙恩予祠》：「月明弄影雪巔瞳，只似胡僧不似吾。忽予牙緋稱羽客，道官儒敝釋頭顱。」

按《五燈會元》卷二：「傅大士一日披衲、頂冠、鞾履朝見，梁武帝問：是僧邪？士以手指冠；問：是道邪？士以手指鞾履；問：是俗邪？士以手指衲衣。顧阿瑛《玉山逸稿》卷四《自贊》云：「儒衣僧帽道人鞋，天下青山骨可埋。若說舊時豪俠興，五陵衣馬洛陽街。」皆此意，顧詩勝秋崖多矣。

（卷十九）《集珠溪》：「斬新山色佛頭綠，依舊桃花人面紅。」本林和靖《西湖》：「春水淨於僧眼碧，晚山濃似佛頭青。」開楊鐵崖《嬉春體》：「柳條千樹僧眼碧，桃花一枝人面紅。」

（卷二十）《水月園送王侍郎》：「翁之樂者山林也，客亦知夫水月乎？」按上句出《醉翁亭記》，下句出《赤壁賦》。《後村長短句》卷一《客散循堤步月而作水調歌頭》亦云：「翁意在乎林壑，客亦知夫水月。滿腹貯清寒，賦詠差有愧，赤壁與滁山。」《秋崖小稿文集》卷六《擬文房四制》自序云：「文房四制，經安晚、後村老筆，無復著手處矣，日長無事，試一效顰，亦可知文章之無盡藏也。」是秋崖見《後村集》之證。

　　詩歌的歷史就是詩歌語言發展的歷史，而詩人對於以往詩歌語言的化用又往往顯得非常隱蔽，所以一般的讀者往往只知其一，不知其二；而上述《札記》中四例，絕非錢鍾書在展覽他過人的記憶力，從中我們更多的能體會到他對詩歌創作中的承襲與演化的敏銳洞察，如而卷二的《蒙恩予祠》全詩化用了《五燈會元》中的故事；卷十九的《集珠溪》中一聯，分別指出其「前世來生」，看似簡單的羅列，實則「一以貫之」，體現了錢鍾書先生「打通」的詩學思想。

　　又如《水月園送王侍郎》中的詩句，出《醉翁亭記》與《赤壁賦》是不難看出；但錢先生又據《後村長短句》中的《水調歌頭》一詞，及《秋崖小稿文集》中《擬文房四制》中的自序，推斷出「是秋崖見後村集之證」，令人歎服，亦可作南宋印刷術對詩歌影響研究的佐證。

　　更令人叫絕的是錢鍾書還注意到了，詩歌與小說院本中語言的承襲流變：

　　　　（卷八）《別子才司令》：「不如意事常八九，可與語人無二三。自識荊門子才甫，夢馳鐵馬戰城南。」按謝翱《無題》亦云：「可與語人少，不成眠夜多。」又按：不如意事一聯，後來小說院本中常見，如吳炳《綠牡丹》第十二則，下句作「可與人言無二三」；《療妬羹》第十二則亦然。孫郁《雙魚佩》第十九折作「可與言人」；灌園主人《秣陵春》第二十折則又作「可與人言」；《金瓶梅》十八回、三十四回……

　　這對古代小說研究者來說也是一種有益的啓示。

（三）有關具體詩句的注釋

　　除了詩歌語言藝術的分析外，錢鍾書在《札記》中所附的簡單的一兩聯詩句，於我們正確理解詩歌也有幫助，甚至糾正一些誤解，如卷二《謝人致蟹》：

　　　　除卻金虀霜後棖，更無一物可詩情。誠齋配以彭生醢，豈不冤哉五鼎烹。

對「誠齋配以彭生蠻」句中的「彭生蠻」，秦效成的校注本《秋崖詩詞校注》是這樣解釋的：「（三）彭生蠻。彭生原指漢將彭越，因被誣謀反遭醢。《山堂肆考》曰：「蟹類蟛蜞亦名彭越，傳將漢醢彭越賜九江王英布，布不知而食，俄覺，而哇出於江中，化為蟹，似蟛蜞而小。」〔註46〕可能是受詩題《謝人致蟹》的影響，秦先生將此句中的「彭生」理解成了「螃蟹」。

那錢鍾書對此的理解顯然與其不同，在本則《札記》中，抄錄這首詩後，錢先生附錄了這樣一段話：

> 岳珂《玉楮集》卷三《饅頭》：「公子彭生紅縷肉，將軍鐵杖白蓮膚。」（《兩般秋雨庵隨筆》卷二引宋人詠豬肉包子句即此聯）清丁敬身《硯林詩集》補遺卷三《火肉粽歌》云：「羅含孤黍春綿熟，彭生曲股紅蕭玉」，蓋本宋人也。「蜜漬曹公」、「湯燖右軍」以外，又添故實。

錢先生分別引了宋人與清人的兩聯詩句，詩中都提到了「彭生」；第一首是岳珂《饅頭》的「公子彭生紅縷肉」，錢先生還補充說明是「宋人詠豬肉包子」句；第二首是清人《火肉粽歌》的「彭生曲股紅蕭玉」，並指出清人的說法「本宋人」。從這段文字看錢先生認為這個「公子彭生」應該是指「豬」，而不是秦效成先生所說的「螃蟹」。但《札記》中錢先生並為就「公子彭生」為作「豬」解做任何說明。

這一點，1987年補訂版《談藝錄》第75則「代字」247頁補訂一〔註47〕（全書第565頁）講清楚了：

> 岳倦翁珂《玉楮集》卷三《饅頭》：「公子彭生紅縷肉，將軍鐵杖白蓮膚」；上句用彭生「豕人立」事，謂豬肉餡，下句借麥鐵杖之姓，謂麥裏。樊榭同派丁龍泓敬〔註48〕《研

〔註46〕《秋崖詩詞校注》，秦效成校注，黃山書社，1998年第一版，第21頁。

〔註47〕應該是250頁的補訂一，247頁的補訂一在全書561頁；從內容看，也應該是補250頁的最後。或是編輯出了差漏。

〔註48〕此處當是《談藝錄》補訂時漏寫了一個「身」字，樊榭即厲鶚，他

林詩集》補遺卷三《火肉粽歌》:「羅含孤黍舂綿熟,彭生曲股紅肖肉」;「羅」字當作「稽」,蓋誤憶。

這裡就講得非常清楚了,「麥鐵杖」見《北史》卷七十八列傳第六十六;「公子彭生」用了《左傳》裏彭生「豕人立」的典故。

但這似乎還不能絕對地推翻秦先生的注釋。對方岳的這句「誠齋配以彭生蠻」的解讀,也許只有找到「誠齋」——楊萬里的與此相關的詩文,才能有更為滿意的答案。

翻閱《誠齋集》,卷十九中有這樣一首詩:

> 老夫畏熱飯不能,先生饋肉香傾城。霜刀削下黃水晶,月斧斫出紅松明。君家豬肉臘前作,是時雪沒吳山腳。**公子彭生初解縛**,糟丘挽上凌煙閣。卻將一蠻配兩螯,世間真有揚州鶴。

> ——《吳春卿郎中餉臘豬肉戲作古句》

在這首詠「臘豬肉」的詩中,有「公子彭生初解縛」,還有「一蠻配兩螯」;這應當就是方岳所說的「誠齋配以彭生蠻」的出處。

我們來解讀一下,楊萬里詩中的「公子彭生」到底是指什麼呢?是「豬」還是「蟹」?「老夫畏熱飯不能,先生饋肉香傾城。霜刀削下黃水晶,月斧斫出紅松明。」前四句切題,同時描繪臘豬肉的色香味;接續四句「君家豬肉臘前作,是時雪沒吳山腳。**公子彭生初解縛,糟丘挽上凌煙閣。**」應該是追想臘肉的製作,所謂「糟丘」是指將豬肉放在酒糟中浸漬入味,所謂挽上「凌煙閣」當是指「煙薰」,也是臘肉製作的一道程序,那主語「公子彭生」自然是指豬,不可能是指「蟹」。從整首詩的重心來看,也應是在贊「臘豬肉」上,螃蟹只是臨了被拉來捧捧場的。楊認為「一蠻配兩螯」是一件很爽的事,其愉悅程度不下騎鶴下揚州,有成仙的感覺。

與丁龍泓(即丁敬身)多有唱和,有時稱「丁敬身」,如《閒居和丁敬身》(《樊榭山房集》卷三);有時稱「丁龍泓」,如《題徐安生桂花湖石小幅為丁龍泓作》(《樊榭山房續集》卷十)。
題徐安生桂花湖石小幅為丁龍餒作。

楊萬里是方岳作詩時「心摹手追」的對象〔註 49〕，所以他對楊萬里的詩應該是相當熟悉的。這首《謝人致蟹》正是反用了楊萬里《吳春卿郎中餉臘豬肉戲作古句》詩的意思。他認爲楊萬里將豬肉——「彭生變」與螃蟹相提並論是有辱蟹的身份的——「豈不冤哉」？因爲食「蟹」在南宋士人階層當是一種「雅」的表現，這個是不用解釋的了。

至此，我們可以肯定方岳詩句「誠齋配以彭生變」中的彭生應該是指「豬」〔註 50〕，而不是秦注中的「螃蟹」。

三

此外，從整則筆記看，有關錢鍾書對宋詩的緝補考辨的意見散見各處，現歸結如下：

（一）補詩

> 又《古梅吟稿》後附《秋崖和作五排百韻》，此集未收。

按《全宋詩》六十一冊（方岳）第 38488 頁正據《古梅吟稿》卷六收錄此詩，題作《式賢和杜夔府百韻過餘秋崖下大篇春容筆力遒勁於其歸也聊復效顰》。

（二）誤收

> 葉茵順適堂吟稿乙集《鱸鄉道院》云：「山林受用琴書

〔註 49〕在《札記》本則的開始部分錢先生評說方岳的詩歌：「至其合作，巧不傷格，調峭折而句脆利，亦自俊爽可喜。然取徑不高，汲古殊淺，心摹手追，尤在誠齋、放翁。」

〔註 50〕此外，我們還可以從元代一些詩人的詩文中找到一些關於「彭生」作「豬」解的例證，略舉兩例：「彭生失足落糟丘，醉入肌膚味更優。亦有曲生差可意，伴君倚欄看春流。」（薛漢《糟豚蹄東陽酒送理之》，《元詩選》二集卷十七）
「懶殘爐邊六花誤約孤負燈花如此空樽何？青州從事與公子彭生，攜手通行，惠而好我。從事曰：『相與入醉鄉可乎？』彭生曰：『吾平生吐出肝腸，豈曰豕交之哉？』二子辨不已。某捫腹而謂之曰：『此中空洞無物，可容卿等數百人，願借前箸籌之。』二子曰：『善。』竟歸心腹。」（陳櫟《謝星源王正山豬肝及酒》，《定宇集》）

鶴，天地交遊風月吾。」易「吾」字便韻味索然（靖逸此
篇誤收入《江湖後集》胡仲弓名下，詳見七百十七則。

按《江湖後集》卷十二胡仲弓名下收此詩，題作《耕田》。

《全宋詩》六十一冊（葉茵）第38208頁收此詩，題作《鱸鄉道
院》，未注明誤收或互見。

《全宋詩》六十三冊（胡仲弓）第39832頁收此詩，題作《耕
田》，未注明誤收或互見。

據《札記》此條，可訂《全宋詩》之漏。

劉後村大全集卷 101《題汪薦文卷》云：「《演雅》云
『螺贏堯舜父子，鴻雁魯衛兄弟，鬥蟻滕薛爭長，狎鷗晉
鄭尋盟』，此即誠齋自作也，何擬之有？」（按汪名韶，此
詩輯入《宋詩紀事》卷七十五，又《補遺》卷六十六沿之。）

按《全宋詩》六十五冊（汪韶）第40858頁收此詩，題爲《演雅》，
出處同《札記》。

《宋詩紀事補遺》卷六十六以此詩爲誠齋作，失誤。

（三）互見

簡齋《尋詩》：「無人畫出陳居士，亭角尋詩滿袖風」。
（此詩亦見吳可《藏海居士集》卷下，題爲《偶贈陳居士》
「無人」作「有誰」）

按《全宋詩》三十一冊（陳與義）第19535頁收錄此詩，題作《尋
詩》。詩後沒有注明誤收或互見情況。

《全宋詩》十九冊（吳可）第13024頁收錄此詩，題作《偶贈陳
居士》。詩後沒有注明誤收或互見情況。

可據此則《札記》訂《全宋詩》之疏漏。

四

當然，錢鍾書先生也有一些疏漏之處，舉一例，供大家討論：

卷二十一《晚眺》：「不可以風秋後葉，何傷於月晚來
雲。」按《鶴林玉露》以此爲曾幼度詩，「秋」作「霜」，「無」

作「何」,「晚來」作「雨餘」。

按:《札記》中所言「按《鶴林玉露》以此為曾幼度詩」的說法值得商榷。因為此二聯分別出於兩首不同的詩。《鶴林玉露》以「不可以風霜後葉,何傷於月雨餘雲」為曾丰(幼度)詩無誤。

筆者的判斷是方岳偷學了曾丰的詩句,恰可作此則《札記》第一部分中「每有佳句,按之皆脫胎近人」的例證。

《鶴林玉露》卷八「詩用助語」條云:「詩用助字貴帖妥,如杜少陵云:『古人稱逝矣,吾道卜終焉』,又云『去矣英雄事,荒哉割據心』;山谷云:『且然聊爾耳,得也自知之』;韓子蒼云:『曲檻以南青嶂合,高堂其上白雲深』,皆渾然帖妥。吾郡前輩王才臣云:『並捨者誰清可喜,各家之竹翠相交』;曾幼度云『不可以風霜後葉,何傷於月雨餘雲』亦佳。

查曾丰《緣督集》卷八收此詩,題作《辛酉冬罷歸至家自省》,全詩如下:

> 彼哉言者固云云,老矣歸與敢自文。不可以風霜後葉,何傷於月雨餘雲。性情與物常為一,鷗鷺容吾便入群。古道從來得今笑,天相知外任紛紛。

而方岳《晚眺》,全詩如下:

> 晚晴漠漠水沄沄,更依翠微搔白紛。不可以風秋後葉,何傷於月晚來雲。憂時自有夔龍在,投老政須麋鹿群。旋拾枯松澆瀑布,小溪亦足張吾軍。

顯然是兩首詩,或錢先生只見《鶴林玉露》收此聯,未檢曾丰的詩集。

又按《四庫提要》云:「《緣督集》二十卷,宋曾丰撰,丰字幼度,樂安人,乾道五年進士,官至德慶太守。真德秀幼嘗受學於丰,及執政,奏取其集入崇文四部,當時嘗板行於世。」

從時間上來說,方岳生於 1198 年,卒於 1262 年,歷仕南宋寧、理二宗;而曾丰乾道五年(1169)年已中進士,肯定是方岳詩作於後;從文本流傳來看,經真德秀的宣傳,《緣督集》的影響是應該很

大的，而「當時嘗板行於世」，則印刷術爲方岳學曾丰詩提供了物質版本上的可能。

此外，南宋陳郁撰寫的《藏一話腴》之《內編》卷上有：「惟曾撙齋遭論歸，賦《自省》詩，中一聯云：『不可以風霜後葉，何傷於月雨餘雲』，託物寄情得坡之意。」其中，曾撙齋就是曾丰，撙齋是他的室號。亦可爲一例證。